望郷のソネット

寺山修司の原風景

白石 征

Shiraishi Sei

深夜叢書社

望郷のソネット　寺山修司の原風景　目次

I ニースからの絵葉書

II 見果てぬ夢

III

疾走が止まる時——編集ノート

IV

寺山修司のラジオ・デイズ——地獄めぐり

V

寺山修司、オン・ステージ——悲しみの原風景

カバー写真――青森高校時代の寺山修司
撮影――藤巻健二
装丁――髙林昭太

望郷のソネット

寺山修司の原風景

ぼくが死んでも
バルコニーは開けておいてくれ
子供がオレンジを食べている
(バルコニーでそれを眺めるのだ)
百姓が小麦を刈っていく
(バルコニーでそれを感じるのだ)
ぼくが死んでも
バルコニーは開けておいてくれ

——ガルシア・ロルカ(寺山修司訳)

I

ニースからの絵葉書

ニースからの絵葉書

I

先日、事務所を引越すので深夜ひとりで机のまわりを片づけていると、寺山修司さんからもらった外国からの絵葉書がノートやメモのあいだから何葉か出てきた。いずれも見憶えのあるものだったが、日付を見て、十数年も前のものだったことに驚き、それが抽出しの片隅で寺山さん本人の死さえも知らぬ気に眠っていたのかと思うと、懐しさが急に甦ってきた。

これらは、ニースやパリといった寺山さんの当時の旅行先から発信されていて、風光明媚な観光写真や当地の美術館所蔵の絵葉書などの裏に、例によって用件といえばほんのわずかばかりの、あとは無為な時間を楽しんでいるような寺山さんの近況が記されている。死の影もなく、明るさがまぶしいほどにたちこめている。詳しい仕事の用件があるときなどは、用件をメモした原稿用紙が絵葉書と一緒に同封されていたこともあった。

むろん遊びを目的として長い旅行をするなんてことは考えられない人だったから、映画や演劇のタイム・スケジュールで出かけて行ってはいるのだが、今これらの絵葉書を眺めていると、忙しかった寺山さんが旅先で時間の空隙を楽しんでいるリラックスした姿が浮かび上がってくる。

たとえば、こんな書き出しのものがある。

「ニースの夏は、湿気がなくて、なかなか快適です。お婆さんになったグレタ・ガルボが近くで、ジュースをのんでいます。

対談の補筆は、今日やっと終わりました。難業でした。部分的にはとても面白いので、いい本になるかもしれませんね」

といった具合で、末尾はパリ祭の日に、となっており、消印は一九七五年だ。

また、イギリスのエジンバラからの便りでは、

「ここでは、ぼくの全作品を上映する特別行事があります。エジンバラは古い城のある町で、芸術祭では、ベルクのオペラの『ルル』やニューヨーク・フィルハーモニーなどもあります。毎日、〈観てまわって〉います。

このあとは、ツーロンの映画祭で、マルグリット・デュラスと一緒に、前衛映画部門の審査員をやり、二〇日頃帰ります」

などというのもあり、いつも共通するのは、ガルボやデュラスなどが登場しては、ぼくをうらやましがらせたり、口惜しがらせたりしてくれている点である。

もう一つだけ紹介しておこう。一九八〇年秋のものだから、寺山さんが亡くなる二年半前ということになる。映画『上海異人娼館』(チャイナ・ドール)のフィルム編集のためにパリに赴い

た時のことである。

「お元気ですか？

パリで仕上げに追われてます。フェリーニの『女の都』観ました。きのうはエリア・カザンと食事しました。

ドーマン（註：フランスの有名な映画プロデューサー）に話をしたら、佐伯俊男の映画（アニメ）みせてくれました。なかなかの出来栄えです。受賞したそうですね。プリントは、ぼくが持ち帰ることになりそうです。

『青ひげ公の城』すゝんでいますか？　ヴィスコンティは月末までに送れると思います。

パリはもう冬です。映画はソフトになりました。画像もきれいだし、かなりいけるのではないかと思います。

カンヌからも出品要請がきています」

これには少々説明がいる。「佐伯俊男の映画（アニメ）」とあるのは、イラストレーターの佐伯俊男さんの画集を素材に、その絵だけを使ってフランスの監督が作った短篇映画のことで、たまたま寺山さんの『上海異人娼館』と同じくアナトール・ドーマン氏のプロデュースによるものだった。仲介者による何かの行き違いで、結局佐伯さんの手元にフィルムが渡っていなかったといういきさつがあり、寺山さんがパリに発つ際に、ドーマン氏への申出をぼくが佐伯さんに代わって依頼していたものであった。

後日、そのフィルムは手紙のとおり寺山さんが持ち帰ってくれて、無事佐伯さんの手に渡ることができたのである。

『青ひげ公の城』は、その頃ぼくが寺山さんの戯曲の編集にとりかかっていたものであり、「ヴィスコンティ」とあるのは、やはり当時ぼくが編集していた「ペーパームーン」という雑誌の資料として寺山さんから借用していたイタリアでのヴィスコンティの写真集を日本版として出版することになり、その本のために寺山さんに依頼してあった解説文のことである。

これは『ヴィスコンティ・フィルムアルバム』（新書館）という本に収録されているが、その中で寺山さんはヴィスコンティの映画作品を対象に得意のベスト・テンを挙げている。

その原稿は、例によって遅れ、結局帰国してしばらく経ってから受け取ったように思う。その日のことはよく憶えている。お昼前の渋谷の松風荘（寺山さんが住んでいた）近くの喫茶店で、寺山さんも書き上げた余韻が残っていたこともあり、ベスト・テンをサカナに次から次へとヴィスコンティ談義に花が咲き、昼食をはさんでつい時の過ぎ行くままにまかせてしまった。

寺山さんは、ぼくが無類の映画ファンであることをよく知っていて、どんなに急いでいるときでも、会うとかならず最近観た映画や小説の話を持ち出してくれた。極端な場合には、ホームで電車を待つわずかな間ですら、そうだった。

そんな訳で、寺山さんとの仕事は、お互いに興味のあるところから出発していたため、依頼や打ち合わせに少しも形式ばったところや取引めいたところはなかった。もし出版に付随する難問というものがあったとしても、お互い利害が対立するものではなく、オープンな会話のなかでアイデアや構想がふくらみ、課題はクリアされていったのだった。

思えば、こういう編集者としての楽しみと贅沢を当然のように甘受させてくれた寺山さんには、どんなに感謝してもしきれるものではない。寺山さんはいつもクリエイティブな方向へと話を発展させていったし、寺山さん自身もいきいきとして元気に活躍していた。本当に〝良い時代〟だった。

Ⅱ

寺山さんが逝ってしまった時、残された仕事の山を前にぼくは呆然としたものだった。こんなに数多いとは思ってもいなかったのである。寺山さんだって、おそらく同様だったにちがいない。ネルソン・オルグレンのボクシング小説をはじめ、いくつかの翻訳本は、すでに下訳を終えていたし、マザー・グースにつづくグリム童話の挿絵の版権も取得していた。またワーグナーの『ニーベルンゲンの指環』四部作の場合のように、散文形式でいくのか、韻文形式にするのかでずいぶん迷った末、結局統一して四行詩スタイルに決めるまでに一年以上もかかって、やっと第一部に当たる『ラインの黄金』が出来上がってきたところというものもあった。これからというところだったのだ。

また童話の書き下ろしについては、『赤糸で縫いとじられた物語』が好評だったこともあって、これまで以上に力を注いでくれることになっていた。さらに傑作であるにもかかわらず、発表時にミスプリントや、表記ミスなど不首尾のあった『新釈稲妻草紙』や競馬叙事詩「勇者の故郷」

なども、改めて更訂のうえ、出版の機会を待っていたものだった。

これらの企画はすべて、喫茶店の好きだった寺山さんらしく、コーヒーを飲みながら、いわばサロン的雑談から醸成されてきたものである。寺山さんが忙しい時は、劇場のリハーサル中の客席だったり、空港のロビーだったりしたこともあった。

本が出来てくる日は、寺山さんも楽しみにしていて、スケジュールをやりくりしても喫茶店で待っていてくれた。人と会えば、相手の鞄の中の本まで調べてしまうほど好奇心の旺盛だった寺山さんも、こと自分の本となると羞じらいを隠さなかった。他人の前で自分の本をジロジロ見るなんて、照れくさくてとてもできることではなかった。

本を手にとると、「おっ、イイね」とか、「シックだけど、品が良すぎて売れないんじゃない」などと感想を洩らしながら、何気なくパラパラと頁を繰る。そして、一、二行文章を目がとらえたかと思うと、とたんにパタンと閉じてしまってテーブルの隅に置き、別の話に転じてしまう。もっともそうは言っても多少気にかかるとみえて、話の途中でまた繰ってみたりすることもあった。

原稿を受けとる際も、そうだった。目の前で自分の原稿を読まれるのは、何とも居心地が悪そうだった。ぼくなどはおかげで、最初の二、三枚を流し読むと、あとは真ん中あたりを数行、そして一言、二言質問しながら、寺山さんが返事をしている間に、さっとラストに目を通してしまうというような芸当が身についてしまった。

寺山さんの愚痴も忘れ難い。いや、それはグチというよりもボヤキに近い。疲れているとき、何か身のまわりのことで思うようにいかなかったらしく、たまにボヤくことがあった。第三者のぼくに話すのだから、目は笑っていて、話自体もさすがにサービス満点で面白く味つけされている。それにしても、である。その理由づけなるものが、これがあの論理明快な寺山さんと同一人物の話かと思わず眉に唾したくなるほど、日常的で通俗的なものがあって奇妙な感覚を味わわされるのだ。そのアンバランスな振幅の大きさにはマルケスの民話でも聞いているような不思議さがあって、つい笑ってしまう。ユーモアと照れがいりまじった寺山さんらしい語り口だった。

そして、二人で笑っているうちに、寺山さんはいつのまにか機嫌を切り換えてコートを肩に羽織ると颯爽とドアを押して木枯しの街へとび出して行ったりしたこともあった。

ただ一つ、ものを書くことだけに専念する書斎人間になってしまうことへの怖れは、一通りのものではなかったように思う。ある時、寺山さんの次の約束が迫ったので、テレビ局まで行くタクシーの中で話を続けようということになった。実は権威ある文芸雑誌が母親をテーマに小説を依頼してきたというのだ。

その頃すでに寺山さんの身体が弱ってきている様子もあって、この機会にきちんと小説を書くってのもいいんじゃないですか、とぼくは一応月並みなことを言ったのだが、すると寺山さんは暗澹とした顔をして、「朝起きて、ずっと書斎で寝るまで過ごすなんて生活、考えただけでもゾッとするね」と言った。「ねえ、そんなこと、考えられる?」同意を強要するような、そんな調子だった。

実際、書斎に閉じこめられてしまうのではないかというこの強い拒絶反応は、おそらく大学時代の入院生活に起因していたにちがいない。後になって何度も北里病院で入院を繰り返しながらも、身体に負担のかかる映画や演劇の現場から身を退こうとしなかったのも、むろん映画・演劇表現への意欲が作品を重ねるごとに深まってきたということもあったろうが、同時に二度と外での活動ができなくなってしまうのではないかという身体拘束への怖れ、その強迫観念に根ざしていたのではないかと思われてならない。

寺山さんには「家出のすすめ」とともに「書を捨てよ、町へ出よう」という有名なフレーズがある。前者が家庭環境からの脱出による少年期の母親からの自立宣言であったとすれば、後者は生死の境をさまよう病院での闘病生活の後、回復された都会生活を手さぐりで大胆に生きていこうとする青年期の行動宣言であった。たしかに退院後の寺山さんの活躍はめざましく、水を得た魚のごとく都会の中で、芸術のあらゆるジャンルに手を染めてその才能を発揮していった。

とりわけ演劇に関しては、既成の資本や劇団に頼ることなく、すべて一から作り出している。いわゆる地下演劇、小劇場の流れだ。そのための苦労も一通りのものではなかったはずだが、同時にそこに寺山さんの「青春」があったことも確かである。当時の著書名である『みんなを怒らせろ』(一九六六年)や『遊撃とその誇り』(同)などをみても、その気負いは十分に窺われる。そしてそれが、やがて演劇実験室「天井棧敷」という集団生活に収斂していったのである。

身体的には赤ランプが点滅しはじめていたことは疑いようのない事実である。しかしそうであればなおさら、二度と還ってこない「街」「演劇」「青春」への執着もまた、限界ぎりぎりのところまで手離すことなぞできるはずのものでもなかった。自己の死に対する恐怖よりも、身体が拘束されてしまうことへの恐怖のほうが上回っていたとも言えるだろう。

ただそうは言っても、やがて近い将来確実にやって来るにちがいない「青春からの離脱」を、まったく無視していたとは考えにくい。これは「成熟」とか、あるいは「老い」といった男性にとっての「父性」という問題とも深く関わってくるような気がしないでもないが、寺山さんがそんなことを信じていたかどうかは別として、ぼくは寺山さんのし残していった仕事を思い出すたびに、かすかながらもそんな離脱後の人生を頭に思い浮かべようとしていたような気がしてならないのだ。(「書物が解読できなくなることが、世界の喪失である」と書きながら、盲目になってなおも生きつづけた老作家ボルヘスに対し、後年寺山さんが抱いた敬意と親近感には、宿命の到来を予感し、おののく若者が、先駆者としての父親の存在の輪郭を何とか見定めようとしているかのような趣きがないとは言えない。)

寺山さんの笑顔を信じ過ぎていたのかもしれない。「これ以上、芝居や映画をつづけていれば、命を保証できないと医者に言われたよ」と話してくれてからの数ヵ月は、寺山さんは自分の部屋で横になって話をすることが多くなっていった。それでもまだぼくは、寺山さんと将来の企画の話をし、その笑顔をみていると、当然芝居や映画をやめてからの人生も視野に入っているものとばかり思っていたのだ。

Ⅲ

寺山さんが亡くなって数ヵ月後、ペーパームーン別冊の『さよなら寺山修司』の中の編集後記で、ぼくはこう記した。

「寺山さんにとって愛着の深かったであろう、この残された仕事の山が語りかけてくるのは、何よりも寺山さんの果敢な人生と、寺山さんがついに選ぼうとしなかった〈平穏な人生〉のことである。

会えば必ず、静養や息抜きをすすめるぼくたちに、寺山さんはいつも微笑を向け、今度からは映画の仕事を止めるよと言って、安心させてくれたものだった。

でも、今はこの休息なしの疾走の連続こそが、寺山さんの人生だったのだなと思う」

寺山さんの死は、当然のように周囲の人たちに埋めようのない欠乏感をもたらした。あれから八年が過ぎたけれど、今もってぼくは寺山さんの不在という酸欠状態から脱け出したとは言いきれない。

あれ以降、いろいろな人たちの協力を得て、し残した仕事のいくつかは本にまとめることができた。とりわけ寺山さんの秘書でもあった田中未知さんの協力が有難かった。

それにしても、寺山さんがいた時とちがって、改めて出版のために校閲をすすめたり、俳句のような初期の投稿作品を収集したりするのには、難問も少なくなかった。ぼくの力にあまる内容上の検討も必要だったし、時間や労力だって以前とは較べようもないほどだった。

しかし同時に、この作業に携わり、没入していくにしたがって、これほど心が落ち着く作業もなかった。ひとつひとつ、立ちどまっては、寺山さんならどうするだろうか、こうすると何と言うだろうか、と自問しながらすすめていったからである。

そして、生前には知ることもなかったエピソードもいくつか知ることができたし、寺山さんがさらに身近な人となったことも確かである。

『母の螢』（一九八五年）では、寺山さんのお母さんの執筆のお手伝いをさせていただいた。お母さんが書き上げた原稿を持ち帰っては整理し、次の機会にうかがって朗読して聞いてもらい、事実関係に不明なところがあれば確認して、そのつど補足していただいた。

朗読のあとは、ウィスキー入りの紅茶をご馳走になりながら、しばし思い出話をうかがうのが常だったが（そして、それが次の文章へと発展していく契機ともなったのだが）、それが佳境に入るとぼくはしばし電灯を点けることも忘れてしまったほどで、気がつくと夕闇の中でお話を聞いていたということもあった。

そんな折、お母さんが歯切れのいい会話の中でふと見せるある種の負けん気そうな眼差しに、一瞬ふと寺山さんと対座しているのではないか、というような錯覚を覚えたことも幾度かあった。発想にもいくつかの類似点があった。実際まぎれもなく、寺山さんはそんなお母さんの中に潜んでいるかのようだった。

それに似た経験は、寺山さんの若い仲間だった森崎偏陸《ヘンリック》やJ・A・シーザーに逢った時も、そうだった。お互いに挨拶を交わす時、彼らがぼくにむける眼差しには、あきらかに寺山さんの「存在」というものが介在しているのだった。寺山さんとの共有の体験を、自分の人生における貴重な体験として記憶しつづけている人たちのもつやさしい微笑なのだ。

寺山さんの亡くなった年齢がやって来た時、ぼくは演劇をやってみようと思い立った。別に寺山さんの演劇を意識した訳ではない。またそんな高度なものが作れるはずのものでもない。ただぼくの人生の淋しい心を癒やすような、そんな創作活動がしてみたくなったのである。

九條今日子さんには、「寺山がいる時、あれほど芝居をやめろと言っていたあなたが、今になって芝居をはじめるんだから、世の中ってわからない」といってからかわれたものである。その戯曲『新雪之丞変化　暗殺のオペラ』（新水社）が本になった時、ぼくは感謝を込めてあとがきにこう記した。

「寺山修司という人は、ぼくにとって創作そのものの人にみえた。あんなに精魂傾けてものを作る作業に打ち込んでいるのをみていると、なま半可な創作などしても無駄だし、またしようとも思わなかったのも事実である。

そんなぼくが、表現することの喜びを今はじめて噛みしめている」

そして、それからまた二年の歳月が流れようとしている。ぼくは今、この机の前で再びニースの海辺に一人立つ寺山さんについて思いを馳せている。しかしそこには、かつての寺山さんが送ってくれた絵葉書のような南仏のまぶしい陽光も、人々の賑やかなざわめきも見当たらない。早朝の人気のない海辺にただ一人、ぽつんとたたずむ孤独な寺山さんがいるばかりである。

寺山さんは、こう書いている。

「しばしば、私は、〈男の旅は、父からの逃亡〉と考えたことがある。〈父からの逃亡〉は、他者としての父の許を離れるということではなく、自らの父性からの逃亡というほどの意味である」
（「賭博紀行」）

実にこの寺山さんの「男の旅」こそ、「書を捨てよ、町へ出よう」であり、また「天井桟敷」の活動であったことは間違いない。まさに輝ける「青春」の旅ではあったが、しかし同時にそれは、サーカスのリング上の道化のように、いつまでも円環の中を回りつづけていられるというものでもなかった。

青春のさなか、あれほど濃密に母親との葛藤を作品化した寺山さんだったが、果たして逃亡しなければならなかった内なる「父」とは、一体何であったのか。

身体の危機に曝され、自らの「青春」から離脱を余儀なくされる状況に直面した時、寺山さんはこの旅がすでに終わりに近づいたことの孤独を嚙みしめる。あるいはこの時ほど、父親の存在が心の内部に近づき、うごめいたことはなかったのかもしれない。

沖を流れる一本の棒切れが、実は一匹の老犬であったことに気づいた時、寺山さんの口からごく自然に、「父親になれざりしかな」という言葉が洩れていたという。

父親になれざりしかな遠沖を泳ぐ老犬しばらく見つむ

あるいは、これは寺山修司の最後の短歌ということになるのかもしれない。

「十九歳のブルース」のこと

寺山修司とボクシング映画

初めて会った寺山修司は、格好が良く颯爽としていた。髪は当時流行の短い裕次郎ばりで、長身にネクタイをやや長く垂らし、話に熱が入るとスーツの上衣を脱ぐのだが、その白いワイシャツが目を刺すように輝いていた。

安保闘争で世上が騒然となっていた頃で、一九六〇年、寺山修司二十四才の時である。ぼくは大学時代の一時期、シナリオ研究所の講座に通っていたことがあって、たまたまそこに寺山修司が講師として現れたのである。

勿論、彼のことは、「映画評論」や「シナリオ」などの雑誌で知っていたが、丁度この直前に「シナリオ」誌に掲載された彼の処女シナリオ「十九歳のブルース」に強いインパクトを受けたばかりの時でもあった。

なにしろ、シナリオの文体がまるで違っていたのだ。従来のストーリーの説明文といったト書きと違ってアメリカの現代詩のようだった。会話もお定まりの情緒は綺麗さっぱり拭い去られ、即物的でリズミカルに弾んでいた。

巻頭に付されたラングストン・ヒューズのエピグラムが、その斬新さを何よりも物語っていた。ト書きは当時のハードボイルド調のボクシング映画、ロバート・ワイズの『罠』だとか、マーク・ロブソンの『チャンピオン』を彷彿とさせる鋭いショットのようだった。しかもその背後にはジャズが風のように聞こえてくるのだ。

シナリオというよりも、むしろ文学の新しいジャンルを思わせるものがあった。

そんな訳でぼくは、寺山修司によって映画が新しい文体の時代に入ったことを強く感じていたのである。講義のあと、彼は近く予定している自主製作の映画「猫学 Catlogy」の上映会に誘ってくれた。たしか銀座のどこかのホールであったが、その映像はぼくがシナリオで期待していた程シャープなものではなかった。まだ映像がことばに追いついていない印象だった。ただ、「十九歳のブルース」にもあった一情景が描かれていて、鶏に替わって猫をビルの屋上から放って墜落死させるそのシーンでは、執拗にカメラが追っていたのが今も印象に残っている。

当時は大島渚や吉田喜重が活躍をはじめた頃だったし、石原慎太郎も裕次郎映画で自作を何本かシナリオ化してもいた。映画好きの寺山修司は映画をつくりたくてうずうずしていたにちがいない。そんな思いが、このボクシング映画のシナリオにはほとばしっていた。

「十九歳のブルース」は、寺山が敬愛したシカゴの作家ネルソン・オルグレンの『朝はもう来ない』を下敷きにしている。この小説は一九五八年に翻訳出版されており、詩はスタマック（肚）で書くという主張や、権力不信、虚栄の陰の陽の当たらぬ人々への共感など、寺山がオルグレンから受けた影響は測り知れない。

このことは、この二年前にスポーツ紙に連載した才気あふれるボクシング小説「ゼロ地帯」と比較してみるとよく分かる。人間洞察の陰翳や鋭さ、人間を状況そのものとしてとらえる視点など、数段の深化を遂げているからである。

とりわけ、主人公の青年が、仲間の連中に強いられ虚勢を張って恋人に輪姦を許すといった悲惨で屈折した愛情表現は、原作通りとはいえ、『狂った果実』や『青春残酷物語』の青年像と比肩し得る強烈な個性を放っていた。

結局、この映画化は実現しなかったが、寺山のボクシング映画への夢は、その後小説『あゝ、荒野』へと移行していった。他人との人間的な手応えを求める孤独なボクサーが、相手のパンチを浴び続け、倒れた肉体がついには魂となって天上へと昇華していく、凄絶で美しい青春の物語だった。

後年、寺山に待望のボクシング映画を演出する機会が訪れた。菅原文太が主演する東映映画『ボクサー』である。ぼくが撮影現場を訪ねると、手をふって挨拶してくれた。そして近くに坐っている当人には言えない役者への愚痴などをぼくの耳元で囁いていたものの、積年の思いもあったのだろう、結構撮影を愉しんでいる風に見うけられた。

その帰途ぼくは、かっての二十年前の今は幻となったシナリオの出版を思い立ったのだ。国会図書館で雑誌からのコピーを受け取ると、それを寺山に手渡し、本にしたいと告げた時のことはよく憶えている。頁のところどころを繰りながら、いかにも懐かしそうだった。そして「そう、十九歳のブルース、を本にねえ」感慨深気に、こう呟いた。

後書きでは「今、読みかえすと、若書きで恥ずかしくなるようなものだが、あえて手を入れず、当時のままで発表することにした」と記してはいるが、彼のこだわりは明らかで、多忙な海外公演にも持ち歩いていたらしく擦り切れた返却コピーには、小さな鉛筆文字で相当量の加筆が施されていた。

本が出版された後のある日、今度は彼のほうからオルグレンの、それも寺山に宛てたサイン入りの原書を何冊か携えてやってきた。この中からボクシング物だけを選んで短編集をつくりたいのだが、ということだった。それも自分自身の手による翻訳として、である。

しかしこれは、残念ながら実現することはなかった。ぼくのほうの下訳も上がり、後は彼の執筆の機会を待つばかりであったが、一九八三年、肝心の当人が帰らぬ人になってしまったのだ。実現していたら、さぞかし見事なものになっていたことだろう。

ともあれ、さすが寺山修司というべきであろうか。彼の絶筆となった「ジャズが聴こえる」の一連のエッセイは、あのしびれるようなハードボイルド・タッチの文体で綴られていたのである。消えていく人生の悲哀と淋しさ、かすかな郷愁と懐かしさ。寺山修司は、死へと赴く自らの姿を映し出すのにもっとも相応しいものとして、この文体を選んでいたのだ。

それはまぎれもなく、シナリオのラストシーンで少女が蹴った空き缶の舗道に転がる乾いた音がぼくの耳に鳴っていた、あの「十九歳のブルース」のスタイルを原型とするものだった。

「少年歌集・麦藁帽子」の頃

寺山修司に珍しい歌集がある。それは「少年歌集・麦藁帽子」といって、六〇年代当時、寺山が若い女性読者のために書いていたフォア・レディース・シリーズの一冊『愛さないの　愛せないの』の中の一章として編まれたものである。

発行が一九六八年五月二十日となっているから、寺山修司が天井桟敷を旗揚げしたその翌年ということになり、彼の活動が一段と忙しさをましてきた頃のことだ。歌集としての代表作『田園に死す』はすでに上梓されていたし、小説『あゝ、荒野』や彼の有名なキャッチフレーズともなった「書を捨てよ、町へ出よう」などが話題を集め、ラジオ、テレビといった分野にまで越境して、その創作の羽を広げてもいた頃だ。

その頃、わたしは出版社で寺山修司の担当をしていたこともあり、彼の多忙なスケジュールを垣間見ていたが、そのフットワークはいつも颯爽としていて、いささかの停滞も見せることはなかった。

原稿の受け取りはいつもの例で、彼の指定の喫茶店で行ったが、たしかあれはアメリカへ前衛演劇視察のため旅立つ前の早春の宵だったような気がする。ほっとしたような穏やかな表情が印象的で、店を出てからも雑談がはずみ、とうとう誘われるままに彼のアパートにまで行って話を続けたことなどが記憶に残っている。

原稿は丁寧に詩やエッセイなど各章に分けられてクリップで止められていたが、その中に、この「麦藁帽子」が入っていたのである。巻頭のエピグラフとして、ロルカの断章がまず目を惹く。

「わたしはお前のそばから離れ去った
　お前を愛していることに気づかずに。」

愛の憧れと別れがすれ違う青春前期。予感にみちたみずみずしい鼓動が聞こえてくるようだ。

寺山修司は、それまでにほぼ出揃った自作の短歌を使って新たな恋のロマネスクを再構築しようとしていたのだ。しかも、学生時代から特別に意識し、対抗心を燃やしていた夭折の天才レイモン・ラディゲばりのロマネスクをである。

ラディゲの原作を映画化した『肉体の悪魔』を観た寺山は、高校時代の投稿句として一句残している。「『肉体の悪魔』より、かの未完の逢びきに」と前置きして、

風の葦わかれの刻をとゞめしごと

映画少年でもあった寺山修司のことだ、ラディゲに対抗して一篇の映画さながら歌物語を編んでみせるには、この女性シリーズは格好の場所だったのだろう。

「十五歳から十九歳まで、ぼくは歌で日記を綴っていた。そのころ、ぼくは果樹園の近くに住んでいた。ぼくの家には二、三頭の馬がいて、ぼくはそれらの馬を洗いに川まで行った日のことをなつかしく思い出す。(ぼくの競馬好きは、美しかった少年時代への復讐なのだと言う人もいる。たしかに、ぼくの田園時代は都塵にまみれた今のぼくの生活からは、あまりにも遠いものになってしまったようだ)

そのころ、ぼくには夏美という名の初恋の少女がいた。夏美は麦藁帽子のよく似合う少女だった。ぼくと夏美とは、まるでダフニスとクローエのページでもめくるように幼い恋愛ごっこに熱中していた。

すくなくとも、あのあじさゐ《ママ》の花のよく似合う卯維《うい》夫人の別荘が近くに建った日までは……」

「美しき日々」「頬燃ゆる」「猟銃をもてる夫人」「惑いの年」「魔に憑かれて」と続く各章には十二首ほどの歌が並べられ、最終章は「失いし日の」と題され六首でもって、この歌物語は締めくくられている。

これら輝くばかりの歌篇をここで紹介する紙幅はないが、すでに人口に膾炙され、口ずさまれている秀歌、佳歌をもちりばめた、この魅惑にみちた六十六首は、見事にモンタージュされ、重奏化されている。南仏を思わせる燦々たる陽光につつまれて展開する少年の恋の挽歌は、牧歌的で美しい田園風景のなかで、しだいに陰翳を濃くしてゆくのである。

寺山修司の田園短歌は、およそ二つの系譜に収斂される。一つは『われに五月を』から『空には本』に至る明るい抒情あふれる初期歌篇で、「麦藁帽子」はすべて、ここから選び出されている。もう一つは『田園に死す』に色濃い因襲と血に呪縛された暗く呪術的な地獄めぐりの世界である。（他に『血と麦』や「テーブルの上の荒野」にみられる時代情況を孕みながら都会の荒野を生きる青年のブルースの系譜もある。）

いずれもそこでは、寺山の育った青森の風景が詠われているが、無論それは、客観的な現実の青森ではない。現実の風景から彼が読みとった、生と憧れの風景であり、かつまた死と再生の呪術的風景でもあった。

後に映画『田園に死す』によって、この二つの世界を対置し、生と光の世界から死と暗闇の世界へと鮮やかに反転させて、観る者に衝撃と感動を与えたが、だからといって生と光の世界がかならずしも否定された訳ではない。つまりいずれの世界にせよ、寺山の描いた世界は、重層性をもっており、決してそんなに一面的なものではなかったからである。

そしてこの「麦藁帽子」が示すごとく、初期歌篇がもつみずみずしい永遠の息吹そのものを水源として、寺山の抒情はフォア・レディース・シリーズの中に引き継がれていったのである。

であればこそ、あの七〇年代の活動のもっとも激しい時期、映画、演劇の活動の最中でさえ、遂に途切れることなく、十冊ものフォア・レディースを出し続けることができたのである。

牧歌的で明るい「麦藁帽子」といえども、その底には寺山修司の人生の欠落、家なき子の夢みる幻の家族が顔を覗かせている。少女夏美は、ダフニスに対するクローエのように、妹であって、恋人にもまた転化し得る存在である。ちょうど幼い無垢な恋を引き裂く年上の女性が、あじさいの花に換喩される母親でもあったように。

寺山修司は、歌集『田園に死す』においても、実人生で存在しなかった姉や弟を描いているが、それよりも早く、やはり実在しなかった妹を、中学時代の学級雑誌の俳句に登場させている。

病む妹のこゝろ旅行く絵双六
切凧《きりだこ》や妹が指さす空の果て
手毬つく妹一人春の風

慰め労《いたわ》られるこの妹は、同時にまた寺山の分身でもある。戦争による父親との死別、戦後における母親との生き別れが、少年寺山に深い翳を落としているのだ。この世では決して埋められないぽっかり空いてしまった人生の欠落感を想像力によって懸命に埋めようとしているのである。「妹一人」が「こゝろ旅行く」「空の果て」と詠む時、彼の孤独が想像力と切っても切れない道連れとなっていたことに気づかされるのだ。

このように幻の妹と語らい戯れることのできた少年寺山修司の密かな心の棲処《すみか》こそ、実は少女のための創作シリーズだったのであり、その創作は彼の憩いのひとときでもあったにちがいない。

一九六五年五月、宇野亜喜良の美しいイラストレーションに飾られて、フォア・レディースの第一作、寺山修司の『ひとりぼっちのあなたに』が発行される。すると編集部の机には、次々と実に多くの読者から反響の愛読者カードが送られてきた。以後それは、彼の著書が出版され続けた十年間、変わることはなかったのである。宣伝力も販売力もごく限られた小さな出版社であったが、寺山のこの四角の本は、幾度となく版を重ねていった。

励ましと慰藉にみちた寺山のこの優しい語りかけは、確実に若い女性読者の一人一人の心に届いていたのである。

寺山修司は、五冊目のフォア・レディース『時には母のない子のように』の中で、こう綴っている。

「これは、妹のために書いた物語である。

ことし十二歳の妹、青い麦のようにおしゃべりで、ピーナッツとレイモン・ペイネの大好きな妹。ぼくは、その妹をよろこばせようとして、つとめてわかりやすい言葉で、つとめて平凡な愛の物語を書いてみた。

と、書くとほんとうらしく聞こえるが、実は、嘘である。

ぼくには妹なんかいない。弟も兄も姉もいない。

ただ、ときどきぼんやりと、青い空を見つめていると、会ったことのない妹がいたらなあ、という気がしてくる。

だからそんな幻の妹を思い浮かべながらあてのない物語を書いてみた、というわけなのである。

レモンは、この世で一番小さいお月さま。

妹は……ぼくといっしょに童話のページをめくる。」

一見、のどかな他愛のないおしゃべりのようにもみえるが、しかしここには、まぎれもなく少年のまま息づいている寺山修司の孤独な魂が潜んでいる。封印されたままの少年の心が潜んでいる。

時代の寵児として疾風怒濤《シュトルム・ウント・ドランク》の時代を駆け抜けた、その疾走のさなか、ふとおとずれた寸暇のひととき、寺山が好んで綴った抒情詩や童話には、彼が懐かしい少年時代に立ち返って、幻の妹と戯れることのできた密やかな至福の時間が内包されていたと言っていいのではないか。

少年時代、投稿少年だった寺山は、自著からも折にふれ、読者に投稿を呼びかけている。そして寺山と読者である少女たちとの交流は、やがて寺山修司を編者とする『あなたの詩集』（一九六九年）となって結実する。

愛読者カードは、作者への手紙となり、ついには作品募集に応えるかたちで、投稿作品が続々と刊行されていった。寺山が編集したこのシリーズは、十六冊を数え、さらに萩尾望都との共編による「あなたのファンタジー」シリーズを加えると、なんと十年間で二十五冊にも及んでいるのである。

この作業に関して、彼がいかに熱心に取り組んだかは、実際に書物を手にとってみるとすぐわかる。構成は処女作品集以来、彼のフォア・レディース作品にも受け継がれてきたジャンルを横断した章立てで、寺山独特のコラージュとなっている。そして章ごとには、愉しく魅力的な寺山修司お得意の惹句が添えられている。

しかも、掲載作品の一つ一つには、彼の手によって丹念に添削され、タイトルまで寺山流に変身を遂げているものもある。書いた本人までが、思わずうれしくなって飛び上がりかねないほどの素敵な作品となって、書店の棚に並んでいたのである。

少女たちにとって、これほどのおくり物はまたとなかったにちがいない。その中からは、伊東杏里や岸田理生、邑崎恵子（田中淑恵）、大町美千代、森洋美、紫藤直美、そして現在、短歌や幻想文学で活躍している井辻朱美といった人たちが、輩出していった。

「母物映画」と寺山修司

寺山修司が、タクシーの中で、ふと語りかけてきた。あれはたしか、寺山さんが参加した会議を終えたあとで、ぼくが彼の次の待ち合わせ場所まで送っていった時のことだった。

「江藤淳が、母物の小説を書かないかと言ってきたよ」

「いよいよ、小説ですか。いいじゃないですか」

寺山さんの声に、満更でもなさそうな、一寸誇らしい調子があったので、ぼくがそう言うと、寺山さんは、いかにも、とんでもないという風に、即座に否定してみせた。

「だって、考えられる？　一日中、書斎に閉じこもって、俺がものを書いている生活なんて」

寺山修司には、日頃から、書斎に閉じこもる文学者の生活や、病院の中で漫然と過ごす入院生活に対して、頑なな拒否反応があった。むろん性向もあろうが、学生時代の大病の経験から、病室からそのまま出られなくなるのではないかという強迫観念のようなものがあったようだ。

そのため、本当に身体に危機がおとずれてからでも、芝居や映画の仕事をストップして、入院しようなどとは決して言わなかった。

でもその時の、自分の母子の物語に興味を示し小説にしてみないかという純文学畑の江藤淳の提案には、いささか、わが意を得たりといった気持ちがあったにちがいない。

なにしろ、当時の寺山修司に対する純文学や詩人たちの反撥は、並一通りではなかったし、彼が越境するジャンルでは、かならず拒絶反応がまき上がっていたからだ。

批難の一つは、いわゆる「偽感情」という文学上のいかがわしさであった。その鋭く奔放な想像力はオーバーな誇張とされ、母捨ても母殺しも、奇をてらった古くさい「母物映画」の亜流とみなされたのである。

しかし寺山修司にとっては、この母子の物語こそ、彼の生涯をつらぬく作品群の、象徴的といってもいい極めて大切な一本の赤糸だった。当時の批評家からお涙頂戴映画として馬鹿にされていた「母物映画」は、実は寺山にとっては今に残る名作、傑作を生みだす繭のような母胎だったのだ。

ところで、この大映の母物映画というのは、終戦三年目の一九四八年に、『山猫令嬢』(森一生監督)を皮切りにして、『母紅梅』『母三人』『母椿』(小石栄一監督)とたてつづけに大ヒットをとばした人気シリーズで、三益愛子の母親、子供を三条美紀が演じて、その別れと再会はつめかけた多くの女性観客の涙を誘っていた。

当時はまだ、戦災の余燼がくすぶっていて、母子家庭も多く、この母物映画の切実感は、観客にとっても他人事のメロドラマとは思えなかった。満員の映画館では、家族の離散を思い愛情のやり場をみつけた観客のすすり泣きが潮のようにこだましたものだった。

しかし、寺山修司は泣いてばかりはいられなかった。今まさにスクリーンのなかで展開されているのは、戦争で父親を失い、母親にも捨てられつつあった自分の境遇でもあったからだ。少年時代の寺山は、この同時進行のドラマとして、「母物映画」とともに生きていたのである。

彼にとって、自分の物語が映画になり得るということにも興奮を覚えたにちがいないが、同時におおむねは母親の側から嘆きと葛藤が描かれていたこのドラマツルギーを、観客として子供の側からつくり換えていかなければならなかったのだ。やがて寺山のドラマは「捨てられる」悲哀から「捨てる」復讐へと、実母の虚構化から虚構の実母へと、母子の愛憎地獄はヴェクトルを反転させていくのである。

ところで、久生十蘭に「母子像」(一九五三年)という傑作短編があって、これが時代背景といい、主題といい、その母子の愛憎、葛藤に至る設定まで、まるで名手久生の手にかかった寺山修司の母子物語とも思われるような作品となっている。この戦災孤児の少年は、戦後母親と再会するが、愛する母親の娼婦のような性生活をベッドの下から盗み見して自滅的に拳銃の引き金を曳く。

ちょうどその十年後、その作品にひびきあうように(とぼくには思えてならない)、子供の側から書かれた衝撃的な傑作が、寺山本人による「母恋春歌調」(一九六三年)だった。

母親に捨てられた少年の悲哀と復讐が、一気に噴き出して、母親の名が春本のなかの猥褻なことばにすべて置き換えられて機関銃のように絶唱される、壮絶とも滑稽とも、なんとも自己破壊的な母恋歌であった。これこそまさしく、寺山版「母物映画」の輝けるスタートであった。そして、その序奏と後奏には、少年の絶唱に応えるかのように子を想う母の嘆きを歌う『母三人』の主題歌が挿入されていたのである。

「少年時代、私は母物映画のファンであった。便所の匂いのする場末の映画館で見た三倍泣かせる映画『母三人』の主題歌、〈乳房おさえてあとふり向いて／流す涙も母なればこそ〉などは、今でもすらすらと唄えるほどである」（『消しゴム』）と書いている。

ちなみに、この映画で子供を引きとった母親役の入江たか子は、寺山修司の実母の若い頃の写真とそっくりだったし、実際に母に去られた中学生当時の寺山修司のまわりには、預けられた青森歌舞伎座の祖母坂本きえ、三沢の女教師中野トクといった、映画さながらの三人の母親的存在がいたのも事実である。

それにしても、母物映画は寺山修司の実人生とあまりにも酷似していた。とりわけ三益愛子扮する母親は、実母はつを重ね合わせることに何の齟齬もなかったように思われる。たとえば、自伝で寺山が綴る「首に真綿をまき、ドテラを着て真赤な口紅で唇を彩り、（中略）さみしく笑いなどをうかべながら、私に手を振っていた」母親は、まさしく映画のなかの三益愛子そのものだったのだ。

三益愛子は、大抵、サーカスのブランコ乗りだったり、女浪曲師や三味線ひきといった家庭に安住できない旅の芸人だった。そしてその母親が、心ならずも子供の幸福を願って身を隠すという設定も共通していた。

シリーズ中の最高傑作『母紅梅』（一九四九年）については、寺山修司は『幸福論』のなかで、かなり詳しくプロットを紹介している。そして母親と一緒にそれを見た映画館の思い出を次のように綴っている。

「母親が子を捨てる場面で、あなたはちらりとぼくを見ましたが、ぼくは気づかぬふりをしてスクリーンを見ていました。

それは暗黙のうちの、あなたとぼくとの葛藤でもあったのです」

そして、この二人による暗黙の愛憎の葛藤こそ、寺山修司が厭きることなくさまざまなジャンルで変奏を繰り返した、もう一つの「母物映画」として、彼の死まで続くことになるのである。

寺山修司と石童丸

「旅役者の記録」

寺山修司の幼い頃の人生の伴奏歌といえば、石童丸の物語で有名な「ほろほろと鳴く山鳥の声きけば父かとぞ思ふ母かとぞ思ふ」という和歌であったことは、彼の回顧的エッセイに繰り返し引用されていることによっても知られている。

「醬油の染みのにじんだ和綴りの『石童丸』の中の（略）和歌を、私はどれほど愛誦したことだろう」（「抜けぬ言葉への執着」〈『続　書を捨てよ、町へ出よう』〉）彼によってこのように記された寺山修司の少年時代は、おそらく父親を戦争に奪われて（五歳の時に出征、九歳の終戦の年に戦病死している）、母一人子一人の暮らしを余儀なくされていた時期のことのように思われる。あるいは、その後母親が出稼ぎに九州へ旅立って一人親戚に預けられていた頃のことかもしれない。

周知のように、この石童丸の物語は、「をぐり」や「しんとく丸」などと並び称される中世説経節の代表作の一つ「かるかや」の別称で（かるかやは父親、石童丸はその息子である）、父親の突然の出家遁世によって幸せだった家族は解体、その見失われた父親を訪ねて漂泊する石童丸の苦難の父恋いの物語である。はるばる訪ねた高野山で父親らしき聖にめぐり逢ったものの、父親とは名のって貰えない。そればかりか、当の父親であるその聖は、石童丸の探す父親はすでに野辺の烟となり果てたと、別人の卒塔婆を示して突き放すのだ。落胆した石童丸が下山してみると待っていたはずの母親までもが、病が嵩じて亡くなってしまっていたというのが、その愁嘆場のあらましである。

両親からひき剝がされて孤児の孤独を生きなければならなかった少年寺山の心情は、自らの境遇をこの虚構と重ねあわせることで、時代をこえて石童丸の物語を生きていたのである。晩年、寺山修司はこの石童丸と共有していたかっての己れの思いを見事に散文化している。やはり、戦後の母物映画に託して母親への当時の屈折した愛情を綴った表現主義的文章の傑作「母恋春歌調」と好一対といってもいい、もう一つの傑作「旅役者の記録」が、それに当たる。

学校を休んで旅回りの一座の「石童丸」に三度も通った寺山修司は、芝居のクライマックスになると便所の中へ駆け込んでこらえきれずに泣いたという。「泣く泣く山を下りつつ、母に告げんと来て見れば、哀れなるかな母上は、石童丸を待ち兼ねて麓の野辺に枯れ残る、草葉の露と消え給ふ」

何度か見ているうちに、たちまち口ずさめるほどに覚えてしまったという、これらのことばの七・五調の韻律こそは、後の寺山俳句、寺山短歌の土壌ともなり得たものであり、かつまた彼の文章表現が、同時代の現代詩や純文学と一線を画して深く中世説経節の情念の水脈にまで通い合わせることのできた理由でもあったのだろう。

旅芝居の小屋前にピンナップされた石童丸の母親役者の色あせたブロマイドが、少年の母親とは似ても似つかぬ姿であったにもかかわらず少年の心をとらえて挑発しつづける。ついに意を決した寺山修司は、一座が旅立つという日にその役者に会いに行くのである。どこまでが事実で、どこまでが虚構であるかは、無論ここでは問題ではない。いかがわしく、不気味で、それだけに不在の母親との幻想の再会を可能にしてくれるかのようにも思える「地獄」（演劇という異世界）の住人である旅役者と、虚構と知りながらも、その世界に踏み込み、ひたすら母と呼びたい少年の衝迫が、日常のなかで行きあい、すれ違ってゆくのである。寺山修司独特の表現でその情景が鮮やかにとらえられているのだ。

わが通る果樹園の小屋いつも暗く父と呼びたき番人が棲む

少年の垣間見た「地獄」は、例によって沸き起こる哄笑と吹きすさぶ突風によって、途方にくれる少年を置き去りにしたまま、たちまちにして掻き消されてしまう。「母恋春歌調」にみられたあの灼けつくような母親への渇き、そしてその不在を責めるかのように母親を苛み、辱めながら、それでもなお母親を思慕して止まないアンビヴァレンツ。己れをも自虐の渦にまき込んで、破廉恥を書きつのる落書きのように母親の名を連呼せざるを得なかった「母恋春歌調」の過激さに較べれば、この「旅役者の記録」には、人生の日昏れを前にして、かつての少年の傷を穏やかに慰め懐かしんでいる趣きが感じられる。

寺山修司が自分の心に親しく棲んでいたもう一人の私である石童丸を見つめ、微笑をもって別れを告げているのである。

ところで実は、この石童丸の物語が、鎌倉新仏教における踊り念仏や捨て聖として有名な一遍上人をモデルとしていたという説を私が知ったのは、遊行かぶきで中世絵巻「一遍聖絵」をとり上げ、それを公演する準備のために読んだ五来重の書物からだった。すでにその説は、「鎌倉九代記」にも記されていて、当時の高野聖のあいだでも流布されていたらしく、今も高野山の苅萱《かるかや》堂の絵解きを訪ねると、かるかや道心の出家の経緯が一遍上人出家譚と符号を合わせるように重ねられているのが知れるのである。

詳しくはここで触れられないが、その「一遍聖絵」の作業をすすめるうち、この石童丸を媒介にして、思いがけず寺山修司が近づいてきたのである。一遍の姿を追えば追うほど、より身近な寺山修司のことに思い至らせられるというか、私の脳裏に、その両者の親近性、類縁性が浮かび上がってきたのだ。まるで私の思い描く一遍聖のなかで寺山修司が甦り息づいているように感じられたのだ。

おのずからあひあふときもわかれてもひとりはおなじひとりなりけり（一遍）

寺山修司愛唱のフレーズは「さよならだけが人生だ」であったし、「いろんなとりがいます／あおいとり／あかいとり／わたりどり／こまどり　むくどり　もず　つぐみ〳〵でも／ぼくがいつまでも／わすれられないのは／ひとり／という名のとりです」とも詩作している。

一遍もまた、十歳で母親と死別、仏門に入って父親の許を去り九州へ遊学。その後父親の死去にともなって帰郷し、一度は還俗、結婚して家族を持つが、やがて決定的に家を捨てて終生の遊行の旅に出ている。


身すつるすつる心をすてつればおもひなき世にすみ染めの袖（一遍）

一遍は「捨てる」行為を、徹底的に生きた人である。家や家族、財産や人ばかりでなく、札配りと踊り念仏の旅を重ねながら、刻一刻、一日一日が自分の執着を捨ててゆく臨終念仏の人生であった。この一遍の和歌に出会った時、期せずして寺山修司の「書を捨てよ、町へ出よう」のあの舞台が、それも「捨てろ！　捨てろ！」と繰り返される、醒めて熱く、執拗に畳みかけてくることばのリフレーンが私の耳に甦ってきたのだった。

寺山修司は「家出」をしようとした時には、すでに家は解体してしまっていた。少年の頃に、あれほど夢みた家庭を一度は結婚によって手に入れながら、やがて再び家を捨て、徒手空拳、創作活動以外のいかなる所有をも求めない一人ぼっちの人生に戻ってゆく。そして、一遍が時衆という無所有の同伴者を集団として受け容れ臨終念仏の旅を続けたように、寺山修司は天井桟敷の貧しい若者たちとともに、レールの上の演劇ではなく、まさに街の中のレールなき演劇へと邁進してゆく。

一遍の踊り念仏が鎮魂から布教へ、さらに芸能化していくプロセスも興味深いが、寺山修司の演劇活動が、いわばその身体を剝き出しのかたちで社会と対応させていた点で、その共通性は際立っている。両者の活動は、それ自体が自らの活動の死滅をも孕んだ果敢な実践であり、物質的な営利や社会的なエスタブリッシュメントに背をむけた、臨終念仏的な行為であり、限界的な表現の実践であったといえるのではないか。

一遍の踊り念仏や賦算に規制を加えたのが、国家や社会の秩序に連なる山門、寺門といった宗門の権威であったことを思えば、寺山修司の「反大学」は、一遍の「反比叡」に通底しているといっても過言ではないだろう。

では、そうした彼らの闘いを支えたものは、一体何であったのか。私は、この二人の思想に共通して流れているもっとも核心的なものとは、寺山修司が終始主張して止まなかった、街へ出て自分の足で歩き、見えない闇を自分の目で見つめようとする、その身体的思考ではなかったかと思う。身体性なき書物的な思考への徹底的な懐疑、知への疑いだったのではないか。

一遍は、ともすれば知は地獄の炎だとも言っている。

II

見果てぬ夢

「見果てぬ夢」について

「見果てぬ夢」というものがある。自分の人生に照らして、もはや実現不可能であるということを承知のうえで、なおかつ心の奥深く抱いている幻の希望のようなものである。

オーソン・ウェルズの映画『市民ケーン』では、新聞王として君臨する辣腕実業家が、死の床でふと洩らした「バラの蕾」ということばがキーワードとなって、彼の人生のさまざまな局面が検証されていく。

「バラの蕾」とは、ケーンにとって何を意味していたのか。人生の涯てに語られたこの黙示録的なことばが、主人公の「見果てぬ夢」のメタファーであったことが、やがて映画のラスト近くで、観客に明らかにされる。

それは、少年時代、母と訣れて暮らさなければならなかった主人公の「失われた母性的至福」の謂であったのだ。いかなる名声や富、権力をもってしても、遂に充たされることのなかった少年の日の心の傷、その欠落である。

世界の涯てまで連れてって

ところで、寺山修司にとっての「バラの蕾」とは、一体何であったろうか。

子供の頃、ぼくは
汽車の口真似が上手かった
ぼくは
世界の涯てが
自分自身の夢のなかにしかないことを
知っていたのだ

寺山修司が死の八ヵ月前に発表した最後の詩「懐かしのわが家」の後半部分であるが、彼の人生を集約し、かつ彼の孤独な魂に終止符を打つかのように見事な結着を示している。

寺山修司は「世界の涯て」といい、あるいは「世界で一ばん遠いところ」とたびたび詩やエッセイに綴りながら、その実、その比喩の指し示す実体を容易に示そうとはしなかったのだ。

思えば彼の青春は、この「世界の涯て」へ思いを馳せての旅立ちであった。寺山は、五歳で出征する父親を見送ったまま生き別れ、そしてそのまま九歳の終戦直後に、外地での父の戦病死を知らされている。母子二人での貧しい生活が、以後もしばらく三沢で続いたものの、中学二年のとき、今度は母親が彼を青森の歌舞伎座を経営する祖父の家に預けたまま、九州の米軍ベース・キャンプへと働きに出かけていってしまうのである。生活のためとはいえ、母一人子一人の家庭から母親がいなくなったのだ。残された少年にとって、母親に見捨てられたと思う気持ちは否めない。

寺山修司の青春の書『家出のすすめ』は、少年のほうからの母親の見捨て返しでもあり、そのことによって逞しく精神的自立を獲ちとろうとするものであった。しかし、それは同時に、「家」を捨て、「故郷」を捨てることによって、実は彼の内部において「世界の涯て」に思いを馳せる新たなる「故郷さがし」が始まっていたということでもあった。

「青森は私の故郷であったには違いないにしても、それは父の死と共に失われ、いまとなっては魂の故郷をさがし出さない限り、私は〈青森県の家なき子〉のままで大人になって行ってしまうのではなかろうか？」（『誰か故郷を想はざる』）

少年時代の忘れもの

寺山修司は、その秀れたエッセイのなかでいつも過去の「忘れもの」を探していたようにみえる。しかもその「忘れもの」は、必ずといっていいほど少年時代に通底しているのである。たとえばホームランボールを追いかけて、そのまま草むらに消えてしまった白球。あるいは、機関車で遊んでいて、閉じこめたまま忘れてしまったアゲハ蝶など。むろんこれらには失われてしまった少年時代のメタファーが隠されているのだが、しかし今はひとまず、寺山修司にこれほどまでに交信を迫る少年時代とは何であったかを、ふり返ってみなければならない。

「目をつむると、あの日の夕焼けが浮かんで来る。私の町――それはもはや〈この世に存在しない町〉だ。サローヤンではないが、男の経験の大部分は、〈想い出のよくないことばかり〉なのだ。だが、ひどく曖昧になって、消えかかっているものを、洗濯箱の一番下から古いシャツをひっぱり出すように――もう一度引っぱり出してみることもまた、私のたのしみの一つでもあるような気がする」（『誰か故郷を想はざる』）

過去を綴ることで、寺山修司の心が辿っているのは、「この世に存在しない町」であるということである。存在はしないけれども、思い出のなかには存在する町でもあるだろう。それらは懐かしさにあふれた少年固有の時間だ。夕焼けに彩られた手製のボールや三角ベース。あるいは暗闇のなかで胸ときめかせたスクリーン。サーカスのジンタ。寺山の綴る情景はいきいきとして、いかなる苦難も知らぬ気に輝いている。

しかし同時に、夢中になればなるほど現実原則の覚醒時に鋭く襲ったにちがいない「家なき子」の悲哀――父親の「欠落」、そして母親の「不在」。彼のなかのそんな落差がないまぜになっているところに、寺山修司の「少年時代」があったといっていいだろう。

さてここで、忘れてならないのは、寺山修司にとって過去は、「何度でも書き変えることができる」物語であるということである。「実際に起こらなかったことも歴史である」からである。つまりここには、まさしく「フィールド・オブ・ドリームス」の世界がひろがっているのである。

ケビン・コスナーの映画ではないが、多羅尾伴内でも、怪童中西太でも、母探しのボクサー、アトム畑井でも、そこには呼び寄せることができる。お望みなら、戦争で永遠に失われてしまった父親寺山八郎に自分とキャッチボールをさせてみせることだって可能だったはずである。

父からの逃亡

父親になれざりしかな遠沖を泳ぐ老犬しばらく見つむ

死の数年前、寺山修司晩年の歌であるが、早朝のニースの海で泳いでいる一匹の老犬を見たとき、そこに一人旅の自分が二重写しになって、思わず口をついて出たものだといわれている。「しばしば、私は、〈男の旅は、父からの逃亡〉と考えたことがある。〈父からの逃亡〉は、他者としての父の許を離れるということではなく、自らの父性からの逃亡というほどの意味である。それなのに旅先で、〈父親になれざりしかな〉などという句が口をついて出てくるのはなぜだろうか?

私は、この旅が終りに近づいていることを予感しないわけにはいかなかった」(「賭博紀行」)

寺山作品といえば、なんといっても母親の存在が大きな比重を占めている。寺山修司は越境したさまざまの表現ジャンルのなかで母子の生き別れを繰り返し描いている。母親にいたぶられたり、また母親を殺したりさえもしている。

実際には母親のはつは、寺山が東京へ出てから病没するまで、そのほとんどの日々を彼の身近で生活していたのである。

しかし、作品に父親が登場することは稀であった。だからといって、父親への想いがそれだけ稀薄であったということにはならない。むしろ年を経るにしたがって寺山修司の内部でふくらみ、「父さがし」のドラマとして深く潜航していたと思われるからである。

父親と接近する岐路もいくつかあった。たとえば劇団天井棧敷旗揚げの頃である。

「私は不在の父との対決を自らにせまりつづけ、父に化けるか、父なき家としてのコミューン、新しい雑居家族への提案をしつづけるかの二者択一をせまられてきたのである」（「中古背広を着た王」）

周知のように、このとき彼は、父なきコミューンである天井棧敷を選び、九條映子との家庭を捨てている。

「私は父に追放されもしなかったが、父を売りとばしもしなかった。父は、私とはっきり対立しないうちに一兵卒として満州に赴き、そのまま帰ってこなかったのである。（中略）

私は、追放すべき父をさがし求めながら少年時代をすごしてきた。私はボクシングのリングの上に、あるいは草野球のホームランバッターに、また背中に竜の刺青のあるテキ屋の男に、そしてスクリーンの幻影、ハンフリー・ボガートの目尻の下がった微笑にさがしもとめてきたのは、実は父の原型だったのかも知れない」（「中古背広を着た王」）

「〈お母さん〉と、ぼくは訊ねたことがある。〈ぼくの父さんは、どんな人だったの？〉

するとと母はだまって口をつぐんで、横を向いてしまうのであった。

だからぼくは、父親を獄吏として、また死刑執行人として、ときにはガリガリ博士か人喰い鬼として勝手な空想をし、大人になっても、決して〈父親〉にだけはなるまいと、心に決めていたのであった」（「ぼくのギリシア神話」）

ここにみられるのは、対決すべき「父の不在」が、寺山修司に父親への同一化を拒ませつつ、永遠の少年として「父さがし」に赴かせていったということである。

怪人二十面相、七つの顔を持つ探偵多羅尾伴内、そして覆面の剣士鞍馬天狗、当時の多くの子供たちが興奮し喝采を送った、これら映画や小説のヒーローに寄せる少年寺山の密かな親近感には、むしろ切ない哀しみさえ感じさせる。これらのヒーローに共通するのは、変装や覆面にさえぎられ、その実像が定かではないということである。これを寺山修司の筆によるレトリックと片づけてしまうにはあまりにも切実である。顔の見えない男にかぐ父親のにおい、それはスクリーンの幻影や「少年倶楽部」の物語のなかに、幼くして父を失ってしまった少年が、懸命にかぎ当てようとする父親の面影だったのだ。

ネルソン・オルグレンとの交流

青年期に達した寺山修司が、もっとも親近感を抱いたのが、ロスト・ジェネレーションの作家ネルソン・オルグレンだった。

「フランキー・マシーンという賭博好きの浮浪者の生活が、あまりにも私にぴったりだったので、私は驚いてしまった」と、オルグレンの『黄金の腕』について語っている。

寺山修司がオルグレンの一冊目の翻訳『朝はもう来ない』を読み、感動して手紙を書いたのは、三年間の入院生活から帰還した二十二歳のときである。翌年には、この作品をもとに自由にアレンジした処女シナリオ「十九歳のブルース」を発表している。

住所不定の詩人で賭博好きのオルグレンは、まさしく寺山修司が自分のなかに求めていた男性なるものをぴったりと体現していたのである。

以後、何度か文通を交わすが、寺山修司が初めてアメリカに行った一九六七年には、シカゴでオルグレンを訪ねたものの、あいにく留守で逢えないというようなこともあった。ところが六九年にオルグレンがひょっこり来日、寺山は山谷や吉原、新宿の元赤線地帯などを案内し、中山競馬場やボクシングのタイトルマッチにも同行している。

「ジムを出るときのネルソンは上機嫌で、壁に貼ってあったポスターを二枚も三枚も引き剝がしてふところにしまいこんだ。シカゴの友達に送ってやるんだ、と言いながら、上衣の内ぶところをガサガサ言わせて外へ出ると雨が降っていた。

大試合のあとの表通りでタクシーを拾うのはとても難しいことだった。私たちは、雨に濡れながら電車通りを大股で歩き、しだいに無口になっていた。ネルソンは、愛用のルンペン帽をかぶっていたが、それに雨がにじみ出すと、盗ってきたポスターを一枚かぶってもう一枚を私に呉れた。

そのボクシングのポスターを、蕗の葉のようにかぶって、私たちは夜の雨の中を走った」(『アメリカ地獄めぐり』)

翌年には、今度はオルグレンがシカゴを案内している。

「ネルソン・オルグレンは、もう人生の日没を見てしまっていた。老作家が、朝からマーティニに酔い、家族もなくたった一人でアパートで暮しているのを見るのは、私にとっては何故か心の痛む光景である。だが、ネルソンはそれを〈自適の生活〉だと言っていた。(中略)

ネルソンは、いつも〈眠り〉をさがしているように言ったが、現実はその逆で、逃げまわる老人を〈眠り〉のほうが追いかけているかのようであった」

「コーヒーをわかして、テーブルの抽出しをあけると、中にはスプーンがずっしりと入っていた。〈全部盗んできたやつだ〉と、ネルソンはウインクした。〈おれは本当は、ジャン・バルジャンなんだ〉」

「ネルソンは死ぬ前に、もう一度パリに行きたい、と言う。私は、ネルソンにパリ行きの航空券をプレゼントしよう、と言ったら、ネルソンは笑って、

〈おれのかわりに金髪の女を見つけて乗せてやるよ〉と言った。

ネルソンのアパートの壁にボーヴォアールとネルソンが遊覧船の上で撮った写真がピンナップしてあるが、写真の中の二人は、今の私よりもずっと若く見える。私は、〈時〉こそ悪であると、思わないわけにはいかない。すべてのロマンスは主人公の死と共に終り、風景だけが、取り残されるのである。たぶん、ネルソンともう一度逢えるかどうか、私にはわからない……」(『地下想

像力』)

引用が長くなったが、この語らいにはまるで幻の父親のロマンスを聞くような、そんな気分が漂っていることに注目させられるからである。このとき、寺山修司三十四歳であった。

父を還せ

大学時代からの友人山田太一は、次のような談話を記している。

「死ぬ少し前にぼくの家に来た時、〈俺は父親になりたかった〉って言ったんですよ。〈間もなく死ぬかもしれないけど、父親になりたかったなあ。父親になりそこなっちゃったよなあ〉って言ってましたね」(「現代詩手帖」一九八三年十一月臨時増刊「寺山修司」)

おそらく前記の歌から一、二年後のことだったろう。子供が欲しかった、というのではない。後生涯を通じて、その不在を生きた「父親」に、自らがなぜなることを拒否してしまったのか。後悔ではない。ここには寺山修司の〈見果てぬ夢〉が、死を前にしてくっきりと浮かび上がっている。「世界で一ばん遠いところ」とはいまだ別れを知らぬ幼い頃の家族アルバムであり、つまりは「懐かしのわが家」ということになる。それはまた二度と実現するはずのない「父のいる風景」でもあったからだ。

青年期の寺山修司が、オルグレンの生きざまに共感を示したように、四十代に入って晩年の彼がもっとも心魅かれた存在は、おそらくボルヘスではなかったろうか。

相変わらず「競馬エッセイ」や「スポーツ版裏町人生」とやらで、オルグレン的な賭博者や放浪者の人生を綴りながらも、一方ではボルヘス的世界や方法に著しく傾斜していくからである。一九七五年の俳句集『花粉航海』の手稿には、「今にして思えば、せめてボルヘスの小説の一行分位でも凝縮した句がほしかった」ということばが見えている。

ボルヘスのシナリオによる映画『はみ出した男』は、突然この世から失踪した息子を探して、書店主の父親が遂には息子に変身してしまうという物語だ。

「老いて盲いた一人の父親ボルヘス——それは、もしかしたら、オイデプスの生き残りだったように思われる。

父を殺して母と寝た男オイデプスは、自らの目を突いて盲目になった。そして、アンチ・オイデプスの時代にあってなお、父の座にうずくまり、〈何十年も前に起こった事件〉として、入り口で、現代を予言しつづけている。二十世紀は、一人の父親の不在によって充たされた〈負〉の調和にささえられている。(中略)

父親の不滅を語りつつ、ついに自らは父親となり得なかった一人の盲目の老人、ホルヘ・ルイス・ボルヘスを、ただの伝奇的な語り部として読みすごすことは、いい読者ではないだろう」(「ボルヘス　父親の不在」)

そして寺山修司の死後、彼の仕事部屋のライティング・デスクの上には、「不在の父親をモンタージュして……」と記されたメモホルダーが、この世の最後のアイデアとして発見されたのである(『テラヤマワールド』)。

耳大きな一兵卒の亡き父よ春の怒濤を聞きすましいん
外套のままのひる寝にあらわれて父よりほかの霊と思えず
音立てて墓穴ふかく父の棺下ろさるる時父目覚めずや
父の遺産のたった一つのランプにて冬蠅とまれりわが頬の上

思い返せば、一九五四年、寺山修司十八歳のこれらの歌五十首が「短歌研究」新人賞に選ばれたとき、選考者の中井英夫によって「チエホフ祭」と改題される前の原題が「父を還せ」であった。このときからすでに寺山修司の「父親さがし」が始まっていたというべきかもしれない。

今も耳を澄ますと、演劇「書を捨てよ、町へ出よう」のラスト近くの独白が聞こえてくるようだ。

「一番高い場所には何があるの?

一番高い場所には何があるの?

わかっていました、一番高い場所にあるのはお父さんの死体です。

ニューギニアの空中戦で死んだお父さんの死体です。それを青空が塗りこめてしまったのです。」

寺山修司の抒情について　『寺山修司詩集』

寺山修司のジャーナリズムへの記念すべきデビューが、二十歳にして上梓された処女作品集『われに五月を』である。

それは、大学生の彼をみまったネフローゼという大病で死線をさまよっていた三年間の入院中の出来事で、短歌の名伯楽、中井英夫らの尽力によって、一九五七年に出版された。処女作にして、あるいは遺作ともなりかねない、そんな状況のことだった。

寺山自身によって病床で編まれた、短歌、俳句、詩、メルヘン、エッセイなど、ジャンルを横断した作品群は、いずれも十代に書かれたもので、五月の陽光と風さながら、まばゆいばかりの才能がきらめき、青春の憧れがとりたての果実のような新鮮さでもって、まるで奇蹟のように定着していたのである。

とりわけ巻頭におかれた「五月の詩」は、若い不世出の詩人の登場を告げるにふさわしいマニフェストでもあった。

僕はもう花ばなを歌わないだろう
僕は小鳥やランプを歌わないだろう
春の水を祖国とよんで　旅立った友らのことを
そうして僕が知らない僕の新しい血について
僕は林で考えるだろう
木苺よ　寮よ　傷をもたない僕の青春よ
さようなら

　きらめく季節に
　たれがあの帆を歌ったか
　つかのまの僕に
　過ぎてゆく時よ

二十才　僕は五月に誕生した

　ここには、自分の身に迫っている「死」も、そして青森の大空襲で、母親と逃げまどった少年の日の「死」の翳をも閉めだして、ひたすら五月の季節を生きつづけたいという寺山修司の思いが、五月という輝くような人生のメタファーを獲得しているといっていい。

寺山修司は、いわゆる「詩人」というカテゴリーの枠には、収まりきらない詩人だった。それは、俳句、短歌といった定型、自由詩という不定型を問わず、すでに処女作品集においてジャンルを自在に越境した見事な作品を示していたという理由ばかりではない。

詩というものを、広く活字文化以上のものとして、いわば書物の上のことばに限定するレベルをこえて、自分が生きる身体的な世界の中にみようとしていたからである。

「ながれる雲を歌として（略）空に大きく書いた字は」とか、「野に咲く花を本として／読み拓きゆく日をたたえ」といったフレーズは、寺山修司がつくった小学校唱歌からのものである。

これは、彼の代表的なフレーズだった「書を捨てよ、町へ出よう」をすぐに思い出させるものだ。ブキッシュな活字文化の時代にあって、本を読むだけでは駄目だ、自分の目で街（現実）を見、自分の身体で現実に触れてみることこそが、街という生きた書物を読む（生きる）ことになるのだと、若者たちを叱咤し、煽動していたからである。

彼の最初の詩論『戦後詩』（一九六五年）では、書物の世界に閉じこもってしまった現代詩における読者不在のモノローグ性を批判するとともに、読者とのコミュニケーションの場を生成するためにダイアローグとしての詩を主張している。

詩人は、読者に話しかけるべきであり、そのためには、作者自身による朗読のすすめや、またあるいは歌手の身体を媒体として語りかける歌謡詩の可能性などにも言及した。

今日では、ごく当たり前の風景である詩人による朗読会や、パフォーマンスとのコラボレーション、さらにはリングの上で交わされる詩のボクシングマッチなども、身体によることばの回復ということの流れの上にあることは、あきらかである。

詩は作者の内部だけで自足するものではなく、読者に語りかけ、読者とのダイアローグによって成立するものだというのが、寺山修司の終生変わらぬコミュニケーション論だった。

『暴力としての言語』（一九七〇年）は、寺山修司の第二詩論集である。『戦後詩』での主張が、さらに過激に具体性をおびて展開されている。

目次を見ただけでも、「走りながら読む詩」「集団による詩」「記述されない詩」「落書学」などと、およそ文学としてはその成立の不可能性を主張しているとしか思えない挑発的な発想が並んでいる。

しかし、これは決して奇をてらった反語ではなく、どうしたら詩が、自分が思い描いている「魂のキャッチボール」として送り手から受け手に手応えをもって伝えることができるかという詩人としての真率な模索だったのだ。

詩の自立は、詩人だけの言語のなかにおいてではなく、読者との言語による経験の共有によって成立するからである。

達成すべきその実例として、モダン・ジャズのコンボによる演奏のインプロビゼーション（即興性）をみているが、とくにユニークなのが、競馬レースの展開に詩を読むところである。

「ゲートがあいた瞬間に、馬はことばに変り、思考を表わし、バランス、旋回軸、支点を持って一篇の詩を構成しはじめる。一行のフレーズが、他のフレーズの母となるように、一頭の脚質が他の馬の展開に座標と系統を与える。そこには、あるさだまった枠組《カードル》があり、走り出してしまった汽車のような酩酊がある」

というのだ。

書物の活字言語ではなく、その外の現実空間のなかに詩を読みとろうとする寺山修司にとって、彼がめざし、その創作活動へと向かったのが、「記述されない詩」「集団による詩」でもあるところの演劇であったことは、むしろ当然であったというほかはない。

その後の世界にはばたいた天井棧敷による演劇活動は、華ばなしい成果をあげている。いわゆる書物の上の現代詩人という枠には収まりきらないところまで、寺山修司という大樹は、その才能の枝をのばしていったのだ。

では、書物の上での彼の詩はどうであったろうか。

生涯の最高傑作といわれる歌集『田園に死す』（一九六五年）をピークとして、長篇叙事詩『地獄篇』や「李庚順」、また唯一の俳句集ともいえる『花粉航海』（一九七五年）においても、新たに百句あまりの作句を発表している。

いずれも、青春の抒情から離れて、自分の故郷の血や因襲についての土俗をめぐる呪術的紀行といっていい。生と死のメタフィジィック、虚構と現実の混淆、その反転のメカニズムが追求されてもいた。

「ぼくは、詩人が一つの形式を最後まで守らねば貞節じゃないということが疑問なんだ。自分が散文で書かなければいけないことまで短歌に押しこまねばならないとしたら、その人は間違っていると思う」(「俳句研究」一九五九年六月)と語る寺山修司にとって、形式はあくまでも内容を規定するものではなく、内容によって表現形式は自由に選択されていったのである。

さてここで、寺山修司の詩人としての生涯をふり返るとき、注目しなければならないのが、彼の永訣の詩「懐かしのわが家」である。死の八ヵ月前に朝日新聞に掲載されたものである。自分の死が、もはや紛れようもなく訪れたことを告げた後、一連目をこう結んでいる。

外に向って育ちすぎた桜の木が
内部から成長をはじめるときが来たことを

「内部から成長をはじめる」とは、どういうことであろうか。絶筆エッセイ「墓場まで何マイル?」で、「私の墓は、私のことばであれば、充分」と記した寺山修司である。「内部」がことばを指していることは明らかだろう。

とすれば、さしもの一瞬一瞬を「外に向って」広げていった創作活動の疾走が絶たれた時、ことばのなかの永遠性を信じようとしているのであろうか。

寺山修司ほど、自らの境遇を虚構化し、書き換えながら、表現しつづけた作者はいない。戦争で父親を失い、戦後は母親と生きわかれて一人で生きていかなければならなかった少年時代。どの作品を読んでも、父親の不在、母親への愛憎に縫いとじられた孤独の「物語」が顔をのぞかせないということはない。幼くして愛の対象を見失ってしまった者の、悲惨ではあるが、反面切なく愛しい孤児の境遇を何度も反芻し、作り換えることによって今ある自分の内面と通低させていたともいえるのである。

そこに目指されていたのは、寺山修司という個人の特殊な境遇の自足した「物語」ではなく、読者となりうる何人のなかにもまた共生できる物語であったはずだ。

「作品は、作者が半分をつくり、あとの半分は読者がつくる」とは、生前寺山がつねづね語っていたことである。詩は、読者に見出され、経験を共有することによって、一人の書き手は姿を消し、百人の読者のなかで自発性を獲得することができるというのが、寺山の思い描いていたコミュニケーションの姿だった。

「詩人は、ことばを書物の中に仕込んでおいて、あとは通りかかった読者によって詩にして貰うのを待つしかないのです」(『暴力としての言語』)

寺山修司のこの文脈で、前記の「懐かしのわが家」の二行をみるならば、彼の生の拡充——創作の疾走が止まった時、彼が仕込んでおいたと思しいことばの種子が、これから出会うであろう読者のなかで芽をふき始めることを、改めて確認している気配が濃厚なのだ。

問題は、二連の最後の四行である。

ぼくは
世界の涯てが
自分自身の夢のなかにしかないことを
知っていたのだ

汽車に乗り、あるいは走って、「世界の涯てまで連れてって」と疾走したあの寺山修司は、幻だったのだろうか。世界の涯てなど、虚構にすぎなかったのか。

いや、そうではあるまい。この狭間にこそ、人生を夢として、あるいは真剣な遊びとして生きようとした寺山修司の魂が、まぎれもなく存在しているのである。


この『寺山修司詩集』（ハルキ文庫）は、寺山修司の俳句、短歌の秀作はもとより、長篇叙事詩をのぞく自由詩の傑作をも収録している。

しかし、それればかりではない。彼の颯爽たる疾走の背後で、ひっそりととまでは言えないにしても、あまり注目されることのなかった少女のための抒情詩やわらべ唄、そして歌謡詩、劇詩なども収録している。

とりわけ「マザー・グース」の翻訳などは、北原白秋や谷川俊太郎の訳詩を意識した上で、とびきり愉しい合作者となって、思いきり想像力の翼をひろげている。

少女詩集は、イラストレーターの宇野亜喜良とのコンビでフォア・レディースという新書館のシリーズのなかで発表されつづけたものであるが、ここにも、もう一人の寺山修司の姿がみてとれる。

一般書の装いということもあるが、「前衛」を期待され、「芸術」を意識した作風とは趣きを異にしているぶん、肩の力がぬけていて、寺山修司の素直で純粋な魂の状態が透けてみえてくるという感じがある。

ここでは、追いかけてくる「死」をふり切ろうとする逃げ馬のような「生」の性急な時間も、挑発し幻惑するかのようなおどろおどろしく激しい母子の愛憎もすっかり姿を消していて、子どもや少女と屈託なく戯れている軽やかさがある。そして淋しさを抱いたまま途方にくれている青年の孤独もある。

これを、「外に向って」疾走をつづけた寺山修司の、くつろぎのひととき、人生のほんの小休止といってしまっていいものかどうか。それにしては、「懐かしのわが家」で「世界の涯てが／自分自身の夢のなかにしかないことを／知っていたのだ」と綴った人生の断念との距離は、それほど遠くはないのである。

私が忘れた歌を
だれがが思い出して歌うだろう
私が捨てた言葉は

きっとだれかが生かして使うのだ（「ひとりぼっちがたまらなかったら」）

ぼくの詩のなかを
いつも汽車がはしってゆく

（略）

でも
ぼくにはその汽車に乗ることができない

かなしみは
いつも外から
見送っていたい（「汽車」）

そこに
見えない花が咲いている
ぼくにだけしか見えない花が咲いている

だから

さみしくなったら
ぼくはいつでも帰ってくる（「見えない花のソネット」）

さらに詩篇「あなたに」の後半部分には、

人生はしばしば
書物の外ですばらしいひびきを
たてて
くずれるだろう

だがもう一度
やり直すために
書物のなかの家路を帰る

書物は
家なき子の家

というのもある。

身構えることなく、海、かくれんぼ、汽車、さよなら、鳥など寺山修司のキーワードの頻出する少女詩集から気まぐれに拾い出してみたこれらの断片からも、「懐かしのわが家」へと向かう寺山修司の魂の足どりが、うかがえるようだ。

否むしろ、「家なき子」としての寺山修司が思い描いていた見果てぬ夢こそ、これらの抒情詩の背後にひそんでいた家の在《あ》り処《か》だったのではないか、と思わずにはいられない。

そして、寺山修司の心の故郷を訪ねようとする試みは、彼のことばでありながら、ことば以上のもの、つまり彼の作品のことばの背後に、人生の悲哀をたたえて埋められているメタファーの種子を読みとることにかかっているような気がしてならないのだ。

寺山修司は、いかなる詩人よりも読者を信頼している。それも、これから出会うであろう読者によって、自分の詩集がひらかれ、新たな作品に生まれかわるのを待っているのである。

ことば使いの名人

世の中に忍術使いや剣術使いがいるように、自らをことば使いと広言してエンピツ無宿を自負していたのが寺山修司である。演劇や映画、それに写真といった視覚的な領域にまで表現活動を広げながらも、それらの領域でさえ、彼の想像力の根源には常にことばが存在していたのだ。

ある美しい童話の一篇「イエスタディ」には、「ことばを覚えるのと嘘をつくことを覚えるのは同じこと」であると綴っている。ことばは寺山にとって、現実原則を裏切り乗り越えていく想像力の喩えでもあったのである。含羞と挑発が同居し、お互いに反転しあう彼の文章にとって、ことばはまだ目に見えぬ自分自身の願望を具現化させてくれるものであると同時に、今見えている自分を隠してくれるものでもあった。

そんな寺山は、また他人のことばにも敏感だった。自分を惹きつけ、触発し飛翔させてくれることばを、実に鋭くかぎ分け見出している。そしてそれらは、彼の文章の誇らしげなエピグラフとして、また文中にも印象深く挿入されている。

たとえば大学時代に交わした山田太一との手紙のやりとりなどは、お互い愛読書の引用のオンパレードといってもいいほどだ。一度、寺山の大学ノートを幾冊か見せてもらったことがある。そこにはラディゲ、コクトーから太宰治、三島由紀夫に至るまで、さまざまな作家や詩人の断片が、横書きでビッシリと書き込まれていた。『ポケットに名言を』とか、『日本童謡集』『旅の詩集』といったユニークなアンソロジーも、その延長として書物化されていったと言っていいだろう。

寺山が引用の名手であったことはつとに有名だが、これとて、引用文が彼の文章にピタリとはまったという単に手際の鮮やかさということだけではない。引用文そのものが、彼の中で独自に解読され、彼の中の「もう一つのことば」として存在していたのであり、そのことばとのコレスポンデンス（照応交感）によって彼の文章は最初から構想されていたというべきなのだ。

引用というよりは、むしろコラージュといっていい。だからイメージは飛躍し、広く深く波及してゆくのである。

たとえば、彼の絶筆「墓場まで何マイル？」は、見事な引用で締め括られている。

「私の墓は、私のことばであれば、充分」と、ことばへの限りない信頼を綴った後、ウイリアム・サローヤンの引用で結ばれているのである。

「あらゆる男は、命をもらった死である。もらった命に名誉を与えること。それだけが、男にとって宿命と名づけられる」と。

寺山本への道しるべ

寺山修司の書物は、さまざまなジャンルが入り組んでいて、紛らわしい。発表の場が専門誌から週刊誌やスポーツ新聞にまで多岐にわたり、それらが横断的に書物にまとめられたことも、その要因だが、読者のほうでも、詩型の韻文のファンもいれば、競馬エッセイだけを愛好するファンや時代に対する論争的なアジテーションに共感する読者もいて、各々にとって寺山理解が一様であったという訳ではないのである。

そこで改めて寺山修司の書物を俯瞰してみると、大きく分けて三つの流れに分けることができそうだ。

芸能と信仰が入りまじった反時代的な土俗の地獄めぐり

まずその一つは、寺山の文学的達成としてもっとも純度の高い歌集『田園に死す』や長篇叙事詩『地獄篇』を頂点とするものである。おどろおどろしい、近代以前の呪術的世界に足を踏み入れ、わが国の暗くて古い「因襲」と「血」の水脈を辿って、死者と生者が交流する幻視の世界へと探索を試みたものである。

これは、日本人の心の闇を切り捨てた戦後社会の明るさに対する反問であり、人の目をそばだたせるに十分な異物としての闇の現出であった。寺山の短歌に登場する仏壇一つをとってみても、当時すでに家の中からはその姿を消していたのであり、そんな日常の風景にあえて暗闇をもち込んで、「死者」の復活を企てていたのである。

天井桟敷が旗揚げのスローガンとした見世物の復権も、これらと軌を一にするもので、単に郷愁やこけおどしなどではなく、死者を閉め出して現世的幸福を謳う戦後社会に対するいかがわしくも切実な芸術的戦略でもあった。寺山修司の芸能的資質については、いち早く対談で鶴見俊輔の指摘したところであったが、まさにその芸能と信仰の入りまじった反時代的な土俗の地獄めぐりこそ、寺山修司による日本人の「死学」とも呼ぶべき死と再生の壮大な装置であったのだ。究極のところ、主題は、日本人の魂の行方へと至るのである。

身体で街を解読する行動的読書論

さて二つの目の流れは、寺山がボクサーのパンチさながらに打ち出した同時代へのポレミック（論争）の系譜である。『家出のすすめ』や『書を捨てよ、町へ出よう』は、その骨格をなす身体的思考によって、今も色あせることはない。こちらは現代における行動的幸福論の行方、その探求ということになろうか。

ここでの彼の身体的思考に対置されているのはその書物的思考である。その書物的思考への批判は苛烈であり、その理論的展開が『暴力としての言語』であり、『戦後詩』である。また実践の書というべきは『幸福論』しかり、『あゝ、荒野』またしかりということになろう。

書物の中で世界を完結させるのではなく、書物の頁を繰るように家のドアを開けて、自らの身体で街に触れ世界を解読することへの主張である。

書物に対する彼のスタンスは、一貫して変わることはなく、標準語に対する方言、書きことばに対する話しことば、そしてモノローグからダイアローグへとあくまでも身体にこだわり、ついには彼における読書論の主張は性とか歴史への行動的読書論へと突きすすむのである。

「つまらない書物というのはないが、つまらない読書というのはある。どんな書物でも、それを経験から知識にしてゆくのは読者の仕事であって」(「ほんとうの教育者」〈『続書を捨てよ、町へ出よう』〉)、開かれた大書物というべき街全体には、読者が書き込むべき余白が無限に存在しているのだからと。

体制的システムに組み込まれた学者、文化人の書物的思考の氾濫が、当時よりも一層顕著となった今日、寺山のめざしていた主張が、いかに根源的であったか、そしてその課題はますますその必要性を迫られていることを痛感せずにはいられない。

寺山のそんな身体的思考は、また一面、いかにも愉し気に、軽やかな変奏曲をいくつか生み出している。『馬敗れて草原あり』や『競馬への望郷』はボクシングや競馬を一篇の詩として解読したものであり、『さかさま童話史　ぼくが狼だった頃』や『マザー・グース』では名作童話やわらべ唄が寺山流に読み替えられていて、いずれもその才気あふれる包丁さばきは見事というほかはない。

虚実入りまじった自叙伝ならざる自叙伝

そして以上二本の流れの中央に位置するのが、寺山修司の人生にもっとも接近した、自叙伝ならざる自叙伝ともいうべきエッセイ群である。父の不在、母との別れを綴って、「家なき子」の境涯の、「家」を恋ゆる孤独と諦観、そして含羞と慰藉が虚実入りまじり、彼の魂がもっとも純粋なかたちで息づいている。

最高峰は『誰か故郷を想はざる』だが、絶筆ともなった「ジャズが聴こえる」(『墓場まで何マイル？』)のような散文詩には、一九八三年五月四日のカウントダウンに至るまでの、寺山の切ない心の旋律が、しびれるようなハードボイルドの文体で記録されている。

寺山修司の心の原風景をとどめるこれらのエッセイはいずれも秀逸だが、この系統のなかにも忘れられない変奏の傑作がある。自由な心で少女と戯れるかのように綴った『ひとりぼっちのあなたに』や『赤糸で縫いとじられた物語』、そして『青蛾館』などである。孤独な魂が、疾走の人生にふと訪れた憩いのなかで紡いだ珠玉の文章だ。

寺山修司におけるリトールド

『新釈稲妻草子』をめぐって

寺山修司がリトールド（翻案）の名手であったことは、すでに定評のあるところだが、とりわけその映画作品の、マルケスの『百年の孤独』（『さらば箱舟』）、ポーリーヌ・レアージュの『O嬢の物語』（『上海異人娼館』）、泉鏡花の『草迷宮』などを一瞥しただけでも、それらがいずれも小説からの単なる焼き直しなどではなく、むしろ原作を換骨奪胎して濃厚に寺山独自の作品として成立しているのがみてとれる。

また、たとえば篠田正浩監督による『無頼漢《ならずもの》』（一九七〇年、原作は河竹黙阿弥の「天衣紛上野初花」）ではシナリオのみを担当しているが、これまたまぎれもなく寺山作品となっている。物語は原作同様お馴染み天保六花撰の面々が登場するものの、すべて寺山好みの人物に書き換えられていて、エピソードとしては、わずかに松江侯屋敷の場と、花魁《おいらん》三千歳《みちとせ》の恋模様を残しているにすぎない。

主人公の直次郎は、長屋に老母と二人暮らし、相愛の三千歳と所帯を持ちたいのだが、息子との水入らずの生活を奪われるのがいやさに頑として反対する母親を、蒲団巻きにして大川に投げ込んだりする。しかし「母捨て」は成功せず、三千歳と一緒になった後々まで、今度は二人で

「母捨て」を何度も繰り返すのである。

（このあたりの諧謔とペーソスの入り混じった直次郎の私生活は、棺桶を風呂桶代わりに使って裸の母親の背中を流させられたり、隣りの情事を覗き見しては悦に入ったり、果ては三人の同居暮らしでは、川の字の真中に母親の蒲団が敷かれたりするエピソードなど、虚実いりまじってのそのディテールは生前の寺山修司を彷彿とさせるものばかりである。また、「あたしの念願は芝居小屋の外で芝居をすること」などと言わせて、当時着手しつつあった市街劇の構想をにおわせたりもしている。）

「実際に起こらなかったことも歴史の裡《うち》である」とする寺山修司であってみれば、まさしくフィクションのなかでこそ、「母捨て」は決行されていたというべきかもしれない。

そんな直次郎の私生活とパラレルな比重で描かれる、河内山以下、悪党連らによる叛乱では、禁制の仕掛花火を打ち上げるという趣向でもってその反骨の美学を捉えている。それが、大義を玉条とする理想への叛乱などではなく、むしろ理想主義の改革に対する反改革の狼火であるところに、いかにも寺山らしい政治へのシニシズムが窺われる。

ところで寺山修司と歌舞伎、あるいは江戸文学との関わりについて言えば、この数年後に山東京伝の読本『昔話稲妻表紙』を本格的にリトールドした寺山版『新釈稲妻草紙』が最大のものといえる。ほかに「八百屋お七」を現代にアレンジ、浪曲化した「新宿お七」という傑作もある。（なお最晩年、『さらば箱舟』完成後、寿命が許されるならば撮りたかったといわれる映画の企画には「寺子屋」が用意されていた。）

この寺山版では、前書きからしてふるっている。「原書《モトシヨ》ニ〈善悪邪心ヲ一面ノ業鏡《ゴウキヤウ》ニ照シ看テ、一切世界中総《スベ》テ心ヨリ生ジ、諸《モロモロ》ノ美悪ヲ画出《エガキイダ》スノ理《コトワリ》ヲ暁《サト》サバ、ヲノヅカラ善ヲ勧《スス》メ悪ヲ懲《コラ》スノ便《ヨスガ》トモナリナンカシ〉ト雖《イヘド》モ、当世ニ曇リナキ鏡ナシ、何《イヅ》レ実ニテ何レ虚ナルカ、ハタマタ万象森羅コトゴトク、一夜ノ芝居狂言ニアラザルカ答ルコト能ハザル也。」と記して、原作の教訓臭に対して自らの演劇論による挑戦を宣言している。

しかしながら、この傑作、彼の意気込みとは裏腹に出版では大きく躓くことになる。一九七四年一月、番町書房から出版された単行本には、校正上の誤字脱字を含む表記上の混乱がおびただしく、とりわけ寺山修司の改変したはずの人物名が、原作のものと混じったりしたこともあって（管領家の由理之助勝基が改変した尻之助勝基のところに顔を出す）、読者にとっては、この判読は決してたやすいものとはいえなかったのである。

さらに同年六月には、河出書房新社刊による『日本の古典・江戸小説集Ｉ』中に、全文十五巻中、十巻までの部分収録が行なわれた。ここでは単行本にみられるたような不首尾はさすがに修正されたものの、物語の尻切トンボは否めなかったばかりか、抄訳との註記がなく、全訳ととり違えた読者もいたはずである。

この河出書房新社版の解説において、中村真一郎までが、「邪悪な一寸法師が、美女に恋をし、閨房の覗きの専門家になるとか、その主人がサド・マゾ的な日夜を送っているとか、娘が蛇と色情関係を結ぶとか、その娘が盲目の弟と近親相姦を犯すとか、そういう情景が、次つぎと現れ、そうしてその描写は泥絵具で塗りたくったように悪どくて、残虐と猥褻との絵巻物である」としているのは興味深い。

中村が京伝による「完全な頽廃文学」として列挙しているそのことごとくが、実際は寺山修司によって書き加えられた潤色部分に当たるからである。（蛇が娘にとりつくという設定のみは原作にあるが、因果のいきさつは、寺山発案となっている。）

つまり、もしこの指摘が幕末期の京伝読本に当て嵌るとするならば、この寺山作品は京伝よりもさらに京伝的、あるいは江戸世紀末的であったということにもなるであろう。

そんな訳で、読者との不幸なすれ違いでスタートした『新釈稲妻草紙』であるが、書店からほぼ姿を消して十年以上を経た後、寺山没後の一九八八年に、再点検・再整理を施し、見開きごとに語註を付けた新書館版によって、ようやく寺山修司の目ざしたであろう作品成果として一応の結着をみたのである。そして一九九三年に至って筑摩書房で文庫化されたので、今後は読者が徐々にふえていくということになるのではなかろうか。

もともと、寺山修司における読書論というのは、作品の半分は作者、残りの半分は読者がつくるものだというものであり、作者の直接ふれていない事柄、ふれてはいても実はその背後に潜む作者の無意識などにも解読が及んで作品が成立する、ということでもある。「起こらなかったことも歴史の裡」であるとするならば、読者による想像力の参画も作品の内ということになるのだろう。

「古典劇としては無理が多すぎる。現代劇としては、構造が非常にむずかしいので、逆にアダプテーションする楽しみがある」というのが、『草迷宮』映画化に際しての寺山修司の語ったことばである。つまり、彼にとってのアダプテーションとは、物語の忠実な移し換えでもなければ、ダイジェストとか補足でも勿論なく、まさしく触発されたイメージを媒介にする構造的な創り換えであり、自分の視点による再構築であった。

さて、ではどこが寺山修司にとって創り換えの眼目であったのか。やはり特筆すべきは、主人公の一人、悪役の不破伴左衛門を一寸法師に改変したことであろう。凄味に加えるに滑稽味、そして哀しみすらをも、その短軀に背負って、このグラン・ギニョル仕立ての物語を見事に先導していくからである。

一寸法師が、人知れず主君の妾《そばめ》に恋をする。しかもその若き主君は、一寸法師の純情を嘲笑するかのように、情痴の限りを繰りひろげる。反撥しながらもその場を覗かずにはいられない彼の心情は、訴えるように障子に挟み込まれた一輪の月見草が健気にも物語っていた。

だが「月見草だけは、いや」と、彼を嫌悪する女の訴えで、一寸法師は美男のライバル名古屋山三郎に「草履打ち」の恥辱を受けるというのが発端である。原作の「草履打ち」が、こうして異形の者を巧みに配したことによって、ひときわ鮮やかに恨みの青い炎を燃えあがらせるのである。寺山修司は、この一寸法師のキャラクターを随所に活用し物語の活性化に成功しているが、とりわけクライマックスでは短軀を利用して床下三寸の暗闇に忍び込み、床上にいる宿敵山三郎目がけて突如刀を突き出すという卓抜のアイデアを披露している。

寺山修司には、すでに虚言と諧謔にみちた荒唐無稽なファルス『巨人伝』（一九八六年）があり、これに天井桟敷の旗揚げ公演となった「青森県のせむし男」や「大山デブコの犯罪」、さらには短篇実験映画「一寸法師を記述する試み」などに思いをめぐらせるならば、彼がいかにフリークス好みであったかは明白である。

いや、好みと言ってしまっては、実はもっと切実な問題がこぼれ落ちてしまうにちがいない。見逃してはならないのは、これらフリークスに、作者自身の幼児性が巧みに仮託されていることである。寺山自身の精神的徽章（記号）を担っているのだ。つまり等身大的世界はこの異形のトリックスターの活躍によって突き崩され、たちまちバロック的世界に変貌するからである。その猟奇性とナンセンスの魅力こそ寺山修司の思い描いたところのものであって、まちがっても等身大世界への回帰とか願望とかいった文脈の差し挟まれる余地などのないものであった。

この作品では、「草履打ち」から「子殺し」と「首実験」、「鞘当て」に至るまでの原作のもつ名場面をつなぎながらも、至るところで寺山流の趣向が顔を出して読む者をギョッとさせ、引き込み、カタルシスを味わわせてくれるが、もうひとつだけ趣向を上げておくとすれば、死とエロスを結ぶものとして蛇の因果が巧みに使われている点である。

蛇の血で盲目となった弟と、身体のまわりに蛇がとり憑いた姉が、人生の昏れ方ならぬ夢幻の中で、いつ知れず相抱く場面である。

「思わず目をとじる姉に、そっとのしかかっていった文弥は、自らのいきり立つ蛇を、楓の入口の草のしげみに這わせ、しばらくは中をうかがい、あたりをめぐっていたが、そろそろと押し入りはじめた。

姉の楓は、白い一本道に目かくしをして立っている女の子だった。誰かが自分を抱きしめているのだが目をあけて見ることなどできない。（略）楓はすすり泣きをかみころし、必死で文弥をつき放し、蒲団の闇の中へと逃げこんでいった。一本道のまわりは暗黒で、蛍一匹の明るさもなかった。楓は十年前のように幼く、弟をさがしにいって道にまよってしまったのだ。

心細さで、草むらをまさぐり、そこに一匹の蛇の上半身を見出し、思わずそれに頬ずりし、口にふくむ。あたしのほんとうの親は、南無阿弥陀仏之助でも、磯菜でもなく、蛇だ。蛇があたしを人家《じんか》に捨てた。それゆえ、あたしは蛇が恋しくてならぬ」（巻之六）

こうしたシュールレアリスティックなメタファーは蛇にとどまらず、さまざまな色彩に変化してみだれ舞う蝶であったり、切腹した腹からゾロゾロ這い出してくる蝮だったりするのである。

さて最後になったが、作中に挿入されている寺山の筆と思しい短歌からいくつか引いておこう。歌集には収録されていない珍しいもので、孤児に仮託された幼な子の心情が、何よりも雄弁にこの作品の主題を物語っていると思われるからである。

山鳩を殺して埋めし黒土に今日も手毬をつく童女かな
盲目の一羽の鵙《もず》を閉じこめし柳行李が川流れゆく
黒髪をひとさし指にまきつけてまきあまりたる秋風のいろ
親なしのほろほろ鳥ら流れゆく川の浮巣のわがさだめかな
戸しめれば藁にさす陽をかぎられて隅にうつりしみなしごの鳥
てのひらの手相の迷路とめゆきて行方不明の按摩がひとり

みみずくに耳うばわれし少年が琵琶ききにくる春の夜あらし
墓石をはこぶ男が満月にひとさし指から消えてゆくなり
みやこ鳥のまなこ潰して放ちやる夕陽地獄のひと恋しさに
墓となる石とは知らずおとめらは名をきざみおり花の嵐に
花あやめ挿しておくなり生首を洗いし水を汲みたる桶に
だまされているほどはずむ春の野の旅芸人のおてだまばやし
つくつく法師なく夜は母の罪おもい手をあわされよ　月を消すため
まなざしのおちゆく彼方ひらひらと蝶となりゆく母のまぼろし

III

疾走が止まる時

――編集ノート

世界で一ばん遠いところ　『悲しき口笛』

「映画にも主題歌があるように、人の一生にもそれぞれ主題歌があるのではないだろうか」（『日本童謡集』）というのが、寺山修司の意見である。

なるほど寺山修司の歌好きはつとに有名であり、そのエッセイの中にも、おびただしい数の歌のフレーズが引用されている。寺山さんの書物を読みすすめていくうちに、西田佐知子とか石原裕次郎といった人たちの歌のフレーズまでいつのまにか口ずさんでしまっていたという人もいるほどである。

しかし、むろんそればかりではない。人生をあたかも映画の一作品のように見立てて、寺山自身、その中の主人公のようにふるまっていたことを考えれば、彼が綴るエピソードには、どこか映画のワン・シーン、ワン・シークェンスを思わせるところがある。

たとえば、「死」についてのエッセイでは、こう記している。

「私は、じぶんだけのものでなくなってゆく死について想うようになった。もしかしたら、私の死は私に手渡される前には、他のだれかがあずかっているのかもしれない。そうだとしたら、この受渡しはできるだけ、劇的であってほしい、というのが私の願いになったのである。

私は、深夜映画のヤクザのとび散らす赤い血に、片隅の犯罪に、そして見通しのない革命の企みのなかに、〈死〉を見出そうとするようになっていった。そして、私の死は、一輪のバラの幻のように〈贈られる〉のがふさわしいと思うのだ。

いつからか、私はひとに殺されることを夢見るようになってしまったのだろうか？」（『ふしあわせという名の猫』）

まるで、自分がつくっている映画のラストシーンのような発想ではないだろうか。

ところで、「私は美空ひばりの〈悲しき口笛〉をきくと母のことを思い出す」（『誰か故郷を想はざる』）と寺山修司は書いている。実際、若干のシチュエイションを異にしつつも、幾度となく彼は母とのわかれをエッセイに綴っている。そしてその度ごとに、駅の改札口とか夜泣きうどん屋とかでかならずといっていいほど聞こえてくるのが、この「悲しき口笛」ということになっている。

やがて母親が九州に去っていなくなってしまうと、今度は同じ美空ひばりが母親との生きわかれを唄った「角兵衛獅子」が愛唱歌になっていったという。青森市の歌舞伎座に寄留していた時には、アルバイトに映画の休憩時間のレコード係をしていて、やはりこれらの唄ばかりをかけていたというエピソードも残している。

ことほど左様に、寺山少年にとって美空ひばりの歌声は、境遇を重ねることで悲しみを共有できる切っても切れない主題歌だったのである。

それにしても寺山修司の人生にかかわる断片的なエッセイをこうして本書『悲しき口笛』（立風書房）に拾い出してみると、寺山修司という名の「映画」が錚々たる著作群の番外篇のように浮かび上がってくる。書かれた時期や発表場所もまちまちであり、中には、挑発的な社会的ポレミックや芸術論などの前置きのように書き出しに置かれていたり、競馬エッセイや人生論のさなかにさりげなく挿入されていたりする文章などから抄録したものも数篇ある。

彼にはすでに、『誰か故郷を想はざる』という貴重な自叙伝があるが、これにはいかにも寺山修司らしく「自叙伝らしくなく」と副題を付している。自分が語る自分の過去ということ自体、すでに虚構であることを免れ得ないとすれば、これまでの自伝と銘打たれている多くの書物のなかの過去も、かならずしも真実だとはいいきれないのではないか、というアンチ・テーゼがこめられているとみて差し支えないだろう。過去の歴史を「物語」と「経験」というカテゴリーに分けて、実際に起きなかったことも起きてほしかった物語として語られれば歴史のうちであるとする寺山修司であってみれば、むしろ当然の試みだといえるからである。

彼の傑作といわれる作品には、ジャンルを問わず異様なまでにエネルギーが凝縮され、緊張感がはりつめていることはよく知られている。しかし、本書のようにくつろいだ気持ちで、あまり完成度など気にせず即興的に書かれたエッセイにも捨てがたい魅力が潜んでいるのも事実である。

むしろ、肩の力が抜けている分だけ嘘と本音が軽やかに二重奏をかなでていて、寺山修司の心の純粋な状態が透視されるというふうにもみてとれるからである。野球少年や映画少年であった彼のはずむような叙述と同様に、郷里の青森についても、クリティックを意識しないで自由に屈託なく語っているというのも、珍しい。

ところで本書を読みながら、おそらく読者が感じるのは、父親の出征と死、母親との生きわかれ、といった愛するものの「不在」に対する寺山修司の切ないまでの想いではないだろうか。

麦わらに父の声する風の中より
麦踏みの背を押す風よ父あらば
麦の芽に日当るごとく父が欲し
冬凪や父の墓標はわが高さ
夕焼に父の帆なほも沖にあり
父の馬鹿泣きながら手袋かじる
復員服の飴屋が通るいつもの咳

すでに中・高校時代の俳句に頻出する戦地で死んだ父親への欠落感の吐露である。やがて自分を置いて九州に去った母親への想いが、俳句数でも圧倒するようになる。母子二人でおくった戦後生活の記憶が、より豊かに、想像力をはばたかせていくからである。

雁《かり》渡る母と並んで月見れば

母と子の食事まずしきすきま風
小走りに袂に柿をおさえ来し
鱈《たら》船は出しまゝ母は暗く病む
まわれ独楽食卓に母かへらぬ日
夏雲離々貧しさのみの母あれど
母来るべし鉄路の菫《すみれ》咲くまでには

これらもやはり、母親と離れて暮らした頃の初期俳句からアトランダムにぬき出した心の現実にすぎないが、終生、寺山修司が少年期の記憶を解体しては再修正しつつ「物語」を書きつづけてきた原像ではあろう。

さらに本書では、「不在」を縁どるさまざまな「わかれ」が登場する。父母はもとより、故郷、友達、妻、短歌、そして自分の生命とのわかれまでが綴られている。「週刊読売」一九八三年五月二十二日号に発表された絶筆「墓場まで何マイル？」では、自分の生命の終わりがはっきりと告げられているのである。

「わかれ」を綴りながら、幾重にも重なり微妙にズレていく過去の記述、その間にあって見え隠れするものこそ、幾度となく繰り返し、そのつど「物語」として過去を語らなければならなかった寺山修司という名の「私」の悲哀であり、魂のありようだったのだ。

それほど心の傷は深く、癒やされつつも容易に記憶から解放されることはなかったのである。

しかし、その反芻の軌跡だけが、たった一つの「故郷」へとむかう彼の魂を浮かび上がらせる。寺山修司の最後の詩が、「懐かしのわが家」であったことは、示唆的であった。愛するものの「不在」＝「少年時代」によって、彼の人生そのものが実は充たされていたことに思い至らされるからである。

鉄路にたたずみ、汽笛の口笛をひびかせながら「世界で一ばん遠いところ」へ思いを馳せつづけてきた寺山修司の孤独な魂は、この世では決して実現しなかった「懐かしのわが家」へと辿りついたというべきかもしれない。

六〇年代の寺山修司

『負け犬の栄光』

本書『負け犬の栄光』に収められた文章は、寺山修司が六〇年代当時、スポーツ紙や週刊誌、その他の雑誌などに書いたルポルタージュやエッセイ（抜萃したものもある）が大半であり、また後に当時をふり返って綴ったものもわずかではあるが併せて収録されている。

当然ながら寺山修司という名うての語り手によってプレイバックされる六〇年代の表情は懐かしく、かつ魅力的だ。高度成長期に足を踏み入れ、「マイホーム」的日常の安定期ではあったものの、時代感情としては既成の価値にさまざまな疑問をなげかけるカウンターカルチャーが擡頭していたし、安保闘争や大学紛争を背景にまるで五月革命のカルチエ・ラタンのように新宿という街がクローズアップされた都市の時代でもあった。

こうして寺山によってピンナップされたボクサーや野球選手、映画スターやダービー馬までのブロマイド風三面記事をみていくと、さすがにいずれもアナーキーな活気と賭博的な気分が横溢しており、この時代の刻印を感じさせるものばかりである。とりわけ過去という故郷からぬけ出そうと必死で戦う男たちの姿が印象的だ。彼らに注がれる寺山修司の視線が、敗れゆく者、去りゆく者の魂の故郷を見据えていて、読む者に熱い共感を呼び起こさずにはおかないからである。「ガラクタばっかりだった」と、寺山修司が当時を述懐している。だが「ガラクタが光り輝いていた」いかがわしくも人間臭い時代だったとも。

それにしても、この興味本位の「ガラクタ」を描くのに、なんと似つかわしい実話読物スタイルであったことか。読みすすむうちになんだか、彼がよく好んで引用する四〇年代のアメリカB級映画を観ているような気持ちに誘われてくるのである。

留意して頂きたいのは、歌集『田園に死す』も長篇詩『地獄篇』も、また自叙伝『誰か故郷を想はざる』にしても、彼の文学的代表作品はほとんどがこの時代に書き上げられていたということである。まるで自分自身のことばの墓を建てるかのようにである。

それほどに生き急いだ寺山修司だったが、そんなライフワークの合間を愉しむかのように、折々の注文に応じてスポーツや芸能記者よろしく気ままに書き綴っていたのが、これらの文章である。文学意識から解放され、気軽に綴られているぶん、彼が得意とした本音と嘘、現実と虚構の二重奏が軽やかにかなでられていて、いっそう彼の自由な心が透けてみえるのだ。

寺山修司は自らの人生をふり返って六〇年代は〈疾風怒濤の時代〉だったと言っている。何度かの絶対安静、危篤状態を脱して四年ぶりに退院してきた彼を迎えたのが新宿の街であった。

「一九五八年の夏、私は風呂敷包み一つを持って病院を出た。

風呂敷包みの中には、二、三の書物と数本の鉛筆、それに着替えが入っているだけだった。」

（「消しゴム」）

さしずめ戦後の復員兵さながらの姿であったというに等しい。そして戦地からの帰還ということになれば、戦病死をとげた彼の父親八郎のことがすぐに思いうかぶ。こうして当時のエッセイを並べてみると、思いがけず浮かび上がってくるのは、徒手空拳の青年寺山修司が懸命にもとめ、その輪郭をまさぐろうとしている幻の父親の像ということになる。

父親というのが唐突なら、自分がこれから生きていくための規範としての男、その男らしさへの憧れといってもいい。競馬場に、ボクシングのリングに、そしてスクリーンにと、自らの行く道を見定めようとするかのように目を注いでいるのは、彼が「かくありたい」と願う戦う男の人生にほかならないからである。

五歳の時、青森駅で出征したまま永遠に彼の前から去ってしまった父親、そして自らが病魔という死地から脱して、新たに時代という荒野を生きようとする時、その幻の父親が寺山修司のうちに切実なまでに近づいてきていなかったとは言いきれない。

本書における寺山修司の六〇年代のレポートには、あるいはそんな彼の父親さがしの旅がひそんでいるのではあるまいか。老カウボーイといった趣きのシカゴの風来坊作家ネルソン・オルグレンを道連れにして――。

ボクシングのように語った寺山修司　『思想への望郷』

寺山修司は俊馬だった。六〇年代に彗星のごとく登場し、七〇年代から八〇年代初めの死に至るまで、次々とジャンルを越境しての疾走ぶりには、誰しも目を瞠る思いがしたものだった。彼自身が好きだった競馬への讃辞に綴った比喩さながら、まさしくそれは昭和を彩った「一篇の叙事詩」であった。

そんな彼の疾走ぶりは、むろん本書『思想への望郷』（講談社文芸文庫）においても眺めることができる。人生のドラマは「出会い」にあると考えた寺山修司は、出会いのもっとも凝縮したかたちこそ、対談だと語っている。しかもそれが一対一で言語を応酬するという点では、「言語が拳に換喩されたボクシング」のようなものだとも書いている。

対談がボクシングというからには、なるほどさすがにエキサイティングな対談記録が数多く残されてもいる。本書はその中から選りすぐって、寺山修司の語り口、考え方や思想のエッセンスが如実に窺われるものを七篇にしぼって収録している。

寺山修司が、雑誌の対談に出かけていく時の気負いといったらなかった。仕事の打ち合わせを終え、颯爽と喫茶店のドアを開けて出て行く後ろ姿には、パドックの競走馬、リングに上がるボクサーのような精気がみなぎっていたものだ。最初の対談集は、ぼくが編集を担当したが、それが文庫化された際には、表紙に無人のリングの写真を使い、書名を「四角いジャングル」と改題したほどの入れこみようだった。

少年時代、ボクシングジムにかよったとも語る寺山修司は、二十代にはスポーツ紙や週刊誌に観戦記やコラムを書いていたし、世界チャンピオンとなったファイティング原田との交流もよく知られている。

そんな彼の、リングならぬ対談の場に、ぼくは何度か立ち会ったことがある。その際の彼の懐かしい姿を、今久しぶりに思い起こしてみると——まず相手の人よりも、判で押したようにいつも遅れて現れた。あの巌流島にやって来る宮本武蔵のように。次にやおら、ポケットから数枚のカードを取り出すのだが、その手慣れた手つきが妙に芝居がかっていて、相手を幻惑しようとするポーカーの賭博師のようにもみえたものだ。カードにはメモが書かれていて、それにチラチラ目を落としては、笑顔をまじえて悠然と会話をすすめていくといったものであった。

勝ち負けにはこだわった。攻撃的で挑発的な言辞、意表をつく絶妙な比喩、たたみかけるロジック、議論を操る巧みなフットワークなど、誰しも認める彼らしいものだったが、時にはクリンチらしきものもあった。司会をしていたぼくの困惑に、後で述懐したことがある。

「誰と対談しても平気だけど、学者との時だけは気をつけてないとね。まだ見たこともない原語の書物の話や、その作家のことなどを延々と続けられるのは敵わないからね」

要するに寺山修司にとっては、話の展開の主導権だけは決して相手にわたさないというのが、必勝法だったのだ。

衒気と稚気のあふれた、そんな対談風景だったが、内容はいつも真摯なものだった。また寺山の尖鋭な問題意識に沿いながら、悠揚せまらぬ対応を示している対談相手にも恵まれたからこそ、実り豊かな成果を獲得することができたのだ。

巻頭の鶴見俊輔とのものは、唯一六〇年代のものだが、氏がその時点ですでに寺山修司の本質を洞察しているのはさすがである。それは、戦後の民主主義が汲みあげることのなかった暗渠（負）のエネルギーへの大胆な接近であり、エスタブリッシュメント（権威）への徹底した侮蔑であった。

また三島由紀夫、および吉本隆明との対談は、彼自身ひそかに待ち望んでいたものであり、本書中の白眉といっていい。前者が天井棧敷の海外公演など寺山修司の絶頂期にむかいつつあった頃のものであり（三島は、この数ヵ月後に自決している）、後者は、寺山が医師によって不治の病の宣告を受けた後のものである。明暗事情の異なるものの、同時代の先達二人に対して一歩も退くことなく、真正面からむき合っている。三島とは、演劇をめぐっての偶然性と必然性について、また吉本とは、自分の死を見定めようとするかのように死の結着について問うている。貴重なのは、奇才、また天才を知るといった趣きが、通奏低音として谷川の清流のようにひびいているることであろう。塚本邦雄との対談では、『火と水の対話』（一九七七年）という二人だけで長時間対談を物したほどの親交ぶりが垣間見られて、会話の愉しさが横溢している。

一方、ほぼ同世代に属する別役実、種村季弘、岸田秀といった各分野のスペシャリストに対しては、格好の好敵手を得て、忌憚なく白熱の議論を展開している。めまぐるしく繰り出す寺山の問題提起を、根気よく受けとめ、誠実に自説を披瀝してゆく、これら三氏の姿勢にも共感を禁じ得ない。

であればこそ、そこではすでにボクシングの稚気は通りこして、思索の冒険、思想の検証といった領域へと踏み入ることが可能となっているのである。

とりわけ、岸田とのものは、寺山修司の死去する数ヵ月前のものである。それにもかかわらずこの熱気、この意欲にも圧倒されるが、議論の果てに、自作の演劇「奴婢訓」のテーマに辿り着いた時の、その寺山の感慨こそ、議論の至福、対談のクライマックスと言っていいものではなかったろうか。

さて最後に、寺山修司本人から語ってもらおう。彼のかつての対談集（『四角いジャングル』角川文庫）から、その「後記」の一部の引用である。

「実際、私はこれらの人々との対論を通し、自らの考え方に疑問符をさしはさみ、立ち止まり、ときには言語の建て直しをせまられる機会を持つことになった。

興味の湧かない対論は一度としてなかった。ただ、残念なことは、対論が書物化される過程で、いつのまにか肉声や顔の表現を失い、ただ一列の活字に変わってしまった、ということである。

ゴッダムの三人の賢い男
お鍋にのって議論の航海
もしもお鍋が　もっと丈夫だったら
議論ももっと長びいたでしょうに
　　――マザー・グース

さてさて、この文庫は古いお鍋をどこまで繕い、対論を再生産してくれることであろうか？」

エチュードの頃

『寺山修司の忘れもの』

本書『寺山修司の忘れもの』は、これまでの寺山修司の単行本に未収録の作品のみで構成されている。それも、演劇とか映画といったジャンルはもとより、韻文や散文においても続々と代表作が生みだされはじめる六〇年代以前の、いわば寺山修司若き日のエチュードと呼んでも差し支えのないような戯曲と小説が大半を占めている。

とりわけ貴重なのは、大学生当時腎臓病ネフローゼを患って、三年間の入院生活を余儀なくされ、何度か死線をさまようなかで書かれた戯曲「忘れた領分」であろう。

これは、一九五六年五月に早稲田大学「緑の詩祭」において大隈講堂で公演された。寺山修司は、すでに「チエホフ祭」で短歌研究新人賞を受けていたとはいうものの、まだほとんど無名に近い学生であったが、公演は若いアーティストの間でかなりの話題を集めたらしく、観客のなかには芥川賞をとったばかりの石原慎太郎や、映画デビュー当時の石原裕次郎、それに谷川俊太郎といった人たちもいたという。

谷川俊太郎はその時のことを後に、こう語っている。「非常に印象的でした。こんなに才能のある男がいるのかという驚きです。その才能が何かというのは難しいんだけど、とにかくそれが、言葉の才能であることは確かだと思うんです。語られてる台詞が非常に面白かった」（「〈わたくし性〉の否認」、風馬の会編『寺山修司の世界』情況出版）

以来谷川俊太郎は、これをキッカケに寺山修司を再三病床に訪ね親交を深めるとともに、いろいろと助言や支援を惜しまなかったという。

今年（一九九九年）、この公演の折のガリ版刷り台本が発見されたが、実はその公演の翌年（一九五七年）に公刊された「櫂《かい》詩劇作品集」に、すでに本人によって加筆されたものが収録されており、この件も谷川俊太郎の尽力によったものらしい。

この頃の寺山修司は〈ジュリエット・ポエット〉と自ら名づけた、散文詩とも童話ともつかぬ作品をいくつか書いている（『はだしの恋唄』）。これらはあまり注目されるに至ってないが、幻想と抒情がシュールに溶けあった鮮やかなもので、そのメタフィジックな美しさは、ラディゲやコクトーのイメージを彷彿させるほどだ。

これまでの一人称的な俳句、短歌の世界から、ダイアローグをもとめ、ストーリー性のある表現領域へと寺山修司は創作をひろげつつあったといっていい。そしてその〈ジュリエット・ポエット〉をさらに劇的に結晶させようとしたのが、この処女戯曲ということになるのだろう。

思いきり才能の翼をひろげたこのドラマは、銃弾がとびかい戦時を思わせるがあえてその苛酷な現実を無視するかのように若いカップルの潑剌として才気あふれる言葉がキラめいている。若者たちは、まるで、〈死〉の翳りなど少しも関知しないかのごとく、空腹さえも軽口や饒舌に替えて今ある自分たちの愛を語るのだ。——それは戦争が終わる日までは「ディッドル・ディッドル・ダム・ダム」と、見ざる聞かざるを決めこんで転寝《うたたね》している黒人の夢の中の出来事のようでもある。——目に見える現実を拒否し、目をつむることによって、目には見えない幻想を信じようとする若者たちのひたむきな心を屈託のない明るさで描いていて、この〈陽気な悲劇〉が寺山の反時代的な主張を鮮明にしているのである。

死を身近に意識した寺山修司が作品に示す集中力はさすがで、その反時代的姿勢もその後一貫して変わることはなかった。

「ゼロ地帯」は、寺山修司が退院した一九五八年七月より数ヵ月も経ずして早速に取り組んだ小説、それも大衆読者を対象とした新聞小説である。八月十五日から十月二十日まで「スポーツ・ニッポン」に連載された。

寺山修司が自分を語るにもっとも好んだボクシングを素材としながら、エンタテインメントを十分に意識したストーリーとなっている。今読んでみると、小説というよりも裕次郎や小林旭が活躍していた頃の日活アクション映画を観ているような印象で微笑を誘うが、さすがに多彩な人物を織りあげたロマネスクは華麗で見事なものである。

寺山修司の映画好きは、つとに有名だったが、ここでもジョン・ヒューストンの映画『マルタの鷹』を思わせる宝石を象嵌したジャックナイフの争奪戦や、その「不幸という名の」錆びたナイフが辿るジュリアン・デュヴィヴィエの『運命の饗宴』的な遍歴譚などが巧みにとり入れられていて、人々の欲望から隔てられて海中深くナイフが封印されてしまうという結末なども、四〇年代アメリカ映画の面影が揺曳しているようだ。

以降、ラジオ、テレビ、演劇とめざましく表現領域をひろげていった寺山修司だったが、おそらくこの時すでに映画への期待に胸ふくらませていたにちがいない。ただ弱味といえば、主人公二人（康太郎と葉子）を衝き動かす内的動機がやや類型的な点で、これはこの執筆直後あたりに彼が遭遇したと思われる小説における強烈なネルソン・オルグレン体験以後のボクシングもの（シナリオ「十九歳のブルース」、小説『あゝ、荒野』）にみられる内的リアリティの深まりと較べてみれば明らかといえよう。

ともあれ、寺山修司の新聞小説というだけでも前代未聞の珍しいものだが、実は彼には古間木《ふるまぎ》中学校の一年生の時、ガリ版刷りの学級新聞に「緑の海峡」という自らの挿絵入りで連載小説を書いていた形跡がある。ただ入学後すぐに青森の中学に転校してしまったため、おそらく数回のみで中断してしまったにちがいないが。

文学少年の新聞小説という夢を、二十二歳にして現実のものとした寺山修司の、一寸得意そうな顔が目に浮かぶ。ちなみに「ゼロ地帯」の挿絵は、「忘れた領分」で演出を手がけ、黒人役でも出演したといわれる当時の僚友河野典生が担当した。

なお詩篇群は、寺山修司がレコードのための作詞として別々の二人の友人に託していたものが彼の死後発見されたもので、カルメン・マキの歌ったヒット曲「時には母のない子のように」が巷に流れたのが一九六九年頃だから、おそらくその少し前の頃の作といえよう。

エピローグに置いた「いますぐ話しかけないと」は、やはり一九六九年にＰＲ誌に発表されたものだが、これも今年になって当時の編集担当者によって明らかにされた。

いずれにせよ、逝去して久しい寺山修司の、このように初々しい、周知の活躍期以前の作品に接する機会を得たことは、これまでその存在すら知らなかった寺山修司若き日の珍しいスナップ写真を見つけたような、そんな懐かしさを禁じ得ないのである。

「家なき子」のソネット　『五月の詩』

そら豆の殻一せいに鳴る夕母《ゆうべ》につながるわれのソネット

寺山修司は、五歳のときに戦病死した父の出征を見送っている。そして母一人子一人の生活から中学二年の時、九州へ出稼ぎに行く母親からひき離され、大学へ入るまで母方の祖父母の家で暮らしている。母親と再び同居をはじめたのは、二十五歳になってからのことだった。

風に吹かれて乾かしてあったそら豆の殻がカラカラと乾いた音をたてる。夕焼けが落ちはじめる灯点《ひとも》し頃の、遠い母親への切ない思慕に、まるで呼応するかのような調べである。

寺山修司の抒情性がもっともよく表れた一首である。まさしく「母につながるソネット」こそは、「家なき子」寺山修司にとっての愛する人への心の高まりであり、憧れであった。

本書『五月の詩』は、主に若い女性を対象にした雑誌などに発表した寺山修司のメルヘン群の中から選んでいる。こうして並べてみると、恋に恋したような、寺山修司の愛への憧れや夢想が、心に浮かぶままに自由闊達に綴られていてなかなか興味深い。

エネルギーの異様な凝縮を示す彼の傑作群とは一味違って、人を恋うるソネットのようなこれら詩篇には、くつろいだこころが軽やかにはずんでいて、寺山修司の素直なフィーリングが伝わってくる。

しかし同時に、愛の対象者たる母の「不在」、父の「欠落」が少年の心に癒やしがたく、ぽっかりと穴をあけているのも事実である。酔いがかならず覚醒に戻るように、愉しい戯れにも、いつか孤独がやって来るのである。

実際、寺山修司の抒情は、彼の人生における「喪失」感というものを抜きにしては語れない。たとえば、彼の好んで多用する遊びのメタファー「かくれんぼ」にしても、このことと深く結びついている。

かくれんぼ三つかぞえて冬になる

現実の時間からも、風景からもとり残されてしまっているのに、今も自分の前から姿を消してしまった人を探しつづけている「かくれんぼ」の鬼。この鬼の悲哀、孤独こそ、「家なき子」寺山修司の心象風景にほかならない。草野球で見失ってしまった白いボール、あるいは機関車で遊んでいるうち石炭タンクに閉じこめてしまった蝶。これらのメタファーも同工異曲で、彼が幻の少年時代へと還ることのできる通底口なのである。

ところでそんな寺山修司が、いつも思いを馳せていたのは、「世界で一ばん遠い土地」であり、

「世界の涯て」という遥か遠くいまだ見ぬ場所への眼差しだった。

この「見果てぬ夢」とは、一体何だったのか。死の直前に綴られた詩篇では、「懐かしのわが家」として、その夢が開示されたのだった。

子供の頃、ぼくは
汽車の口真似が上手かった
ぼくは
世界の涯てが
自分自身の夢のなかにしかないことを
知っていたのだ

本書中にも、「星を数え飽きたら」で星座のような一族再会のイメージが美しく描かれている。

裸足で恋を　『恋愛辞典』

だれもいない無人島で
あなたと二人っきりで暮らしたい
毎日海で泳ぎ
裸足で恋を語りあい
鳥のように歌いながら

寺山修司の詩には、恋への憧れが風のように吹いている。屈託のない南の島の爽やかな風のように。
またみずみずしいとりたての果実のような質問が語りかけてくる。

さよならだけが
人生ならば

また来る春は何だろう

と。これは恋の冒険に船出しようとする若者にむけた、寺山修司の激励であり、応援歌でもあるだろう。

しかし人生がそうであるように、恋愛とてもかならずしも愉しく甘美なものばかりとは限らない。たとえば恋人たちの幸せな時間のなかにさえ、すでに孤独と別れがひそんでいることを寺山修司は見逃してはいない。「さよなら」が頻出するのも、そのためである。彼の詩のなかには、恋愛における幸せだけでは、充足することのできない人生の欠落感が深く影を落としているのである。

この本『恋愛辞典』は、そんな寺山修司ならではの愉しくていささかにがい恋愛論が、どの頁を綴っても顔をのぞかせている。詩人というカテゴリーの枠をこえて、表現のジャンルを越境して活躍した寺山修司のことである。童話あり、詩あり、エッセイありと、恋愛に関する意匠をこらした才気あふれる作品がこうして並んでみると、目次を見ただけで気に入りの料理店の、とっておきアラカルトをメニューでさがしているような気分になってくる。

というわけで、読者のみなさんは、雑誌をめくるように、あるいは辞典で言葉をさがすように、どこからでも気ままに頁を綴っていただきたい。それが、寺山修司のこの本には、もっとも似つかわしいことのように思えるからである。もっとも、寺山修司の本と出会うのがこれが初めてで、編者のおすすめを聞いてみたいという方がおられるなら、筆者はまず自信をもって「バラード

――キスキス」の章をおすすめしたい。

寺山修司が素晴しい童話作家でもあることは、『赤糸で縫いとじられた物語』ですでに周知だが、この章におさめた三篇はいずれ劣らぬ傑作である。とくに「ジョーカー・ジョー」は、六〇年代中頃に書かれた傑作で、少女に片想いをする悲しい男の物語である。「恋で死に、恋で生き返った」孤独な男のさすらいには、寺山修司の生涯にわたるモチーフの一つとなった、他人の幸福を外から眺めるほかない「かくれんぼの鬼」の悲哀にみちた姿が、すでに刻印されているのである。

かくれんぼの鬼とかれざるまま老いて誰をさがしにくる村祭

「樅の木の歌」も素敵な物語だ。ロマンティックで洒落れていて、輪舞で展開される華麗なミュージカルかオペレッタのようである。とすれば、「二万四千回のキッス」の馬鹿馬鹿しいナンセンスと諧謔の面白さには、見世物小屋の幕間狂言といった趣きがあって、興味をそそられる。寺山修司は「ペーパー・シアター」などと名づけて、あたかも劇場のように、書物を読者に体験してもらいたいと考えていたのである。

寺山修司の作品には、エッセイばかりでなく、いかなるジャンルの作品においても、その背後にはかならず幸福観、人生観がひそんでいて、本書の場合は、それが一種の恋愛論となっているのである。

たとえば、「いるかいないか」では恋人たちの致命的なすれ違いが描かれていて、後に名作「一センチ・ジャーニー」となって見事に変奏されている。また突然、身体が軽くなってしまう「ポケットに恋唄を」や、歌いはじめたら歌が止まらなくなってしまう「長距離歌手」の奇妙な展開や、思いがけない結末などには、読者を烟にまいて愉しんでいる作者のいたずらっぽい微笑が感じられるのである。

ところで、「少年歌集・麦藁帽子」については、少しふれておかなければならない。

これは寺山修司が、自らの歌集で発表した短歌のなかから、一九六八年にフォア・レディースの一冊として『愛さないの　愛せないの』を出版した際に、新たな主題にそってセレクトし、構成したものである。選び出し並び換えることによって各々の短歌は、レイモン・ラディゲばりの甘美な愛の葛藤の物語へと変貌する。

アダプテーションの名人だった寺山修司が、自らの作品をもう一つの恋愛作品に作り換える、その鮮やかな手並みを開陳しているという意味でも、とても貴重な作品なのである。

疾走が止まる時

『墓場まで何マイル？』

この本『墓場まで何マイル？』には、寺山修司の「思い出」がいっぱい詰まっている。

死に至るカウント・ダウンを迎えつつあった日々の寺山修司が、あたかも往年のフランス映画『舞踏会の手帖』さながらに知人友人を次々と訪ねて最後の交歓をいとおしんだことはよく知られているが、本書に並べられた彼の文書もそれに似て、少年時代に大好きだったボクシングや野球、それに映画や探偵小説、美空ひばりなどをもう一度ふり返り微笑でもって、その「思い出」に訣れを告げている感が深いからである。

と同時にそれらは、これまで寺山修司の作品に同時代で接してきた私のような読者にとっては、もう一度十八年間をタイム・トリップして、懐かしい寺山修司についての「思い出」を肉声のまま辿ることが可能であるかのような、そんな思いにとらえられもするからである。

巻頭の一、二章のエッセイは、一九八三年五月四日に寺山修司が息をひきとる直前まで綴られていた最晩年のものである。

前者は、コラム名「遊びのすすめ」として「大阪新聞」に週一回のわりで十本連載されたが、最終回の日付が五月二日となっているから、これは彼が意識の戻らぬまま病院で昏睡状態を続けていた頃、つまり死去する前々日の掲載ということになる。

また後者の「ジャズが聴こえる」という連載エッセイは「週刊読売」のグラビア頁に隔週執筆中、その八回目にあたる「墓場まで何マイル？」が文字通り寺山修司の絶筆となったものである。そしてその掲載誌を私たちが目にすることができたのは、まさしく五月八日の葬儀の日における発売号によってであった。

ジャズの響きをたたえたこの一連のエッセイは、たとえばことばによる寺山修司の人生の最終レースと呼ぶにふさわしい傑作だ。母子の遊びがいつか死の闇につつまれていくはかなく切ない生の輪郭、あるいは死が肩を叩くのを待つことしか時間のなくなった男の悲哀。そんな時ふと浮かび上がる遠沖を泳ぐ老犬の風景、そして自分の死は次に続くコンマではなくてピリオドなんだといいきかせる孤独な喪失感。

「命のはじまったところ、彼の死のはじまったところへ」帰ろうとする寺山修司の魂の風景が、低くブルースをひびかせていて、何度読んでも不思議な感銘にとらえられる。

ジャズといえば、彼の故郷三沢での戦後の基地文化を連想させるが、たしか「ジャズと自由は手をつないでゆく」というセロニアス・モンクを引用した若々しい青春論を主張する輝くようなエッセイもあった。

そんな懐かしいジャズを道連れにして日没前の寺山修司がのぞむ最終レースの出立ち（スタイル）はといえば、もうこれはしびれるようなハードボイルド・タッチなのだ。まさしくネルソン・オルグレンの息子、カウンターカルチャーの申し子としてのほうの寺山修司が、そこにいる。実際、おびただしく登場する死者のなかで、やがて自分の死をも告げることになるであろうこれらの文章には、あくまで内面を抑制し、断定的にして簡潔、しかも詩的でもあろうとするような、こんなハードボイルドの文体こそふさわしかったように思われる。

そして例によって、自らの生のピリオドをお得意のサローヤンの引用で締めくくっているのだ。「あらゆる男は、命をもらった死である。もらった命に名誉を与えること。それだけが、男にとって宿命と名づけられる」と。

そんな寺山修司が、「永井荷風のような死」が自分には似合っているような気がする、と語っているのが死の二年前の二つの対談である。

八一年当時、すでに医師から肝硬変の進行が死に接近しつつあることを知らされていた彼は、「短歌現代」での死生観を主題とした対談相手として吉本隆明氏を希望し、それが実現したものである。この畏敬する同時代の思想家の胸をかりて、寺山修司は自らの死のイメージを披瀝しつつ、「死における人生の結着」をいかにつけるべきか問うている、その真率な切実さには思わず襟を正して固唾をのむ思いさえ抱かせられる。

一方角川春樹氏に対しては、久しく会わなかった知己に接するかのごとく、胸襟をひらいて、己が人生の来し方を愛惜をこめて淡々と語っている。

ところで寺山修司の競馬エッセイで印象深いもののひとつとして、誰しもがまず思い起こすのは、逃げ馬の栄光と死を綴ったキーストンについての文章ではあるまいか。ダービーをも制したこの逃げ馬キーストンの最後のレースとなった劇的な事故死を記述しながら、寺山修司は馬がもんどりうったその瞬間、銃声とともにこの世から姿を消してしまった李という亡命青年の死を鮮やかに二重写しにしてみせている。

このフィクションの李という人物を、当然ながら寺山修司に置き換えてみるならば（彼には「李庚順」という長篇詩もある）、それは大群衆の眼前で起きたキーストンの死を比喩化することによって、巧みに自分の姿をかき消してみせていて、まるでマジックのような鮮やかな芸当に目を奪われがちだが、あるいはこれが、彼がひそかに願望していた自らの死を演出してみせたイメージだったのかもしれない。

さらにまた、東京オリンピックのマラソンランナー円谷幸吉の死についても、こう語っている。「走ることで自分を語りきってしまった」ランナーにとって、「〈いかに生くべきか〉は終ったのだ。これからは〈いかに死ぬべきか〉を考えろと、言われることほど、むごいことはない」（『幸福論』）と。

「生」が終わると「死」が始まるのではなく、「生」が終わると死もまた終わるのだという考えが、早くから寺山修司にはあった。「死」から与えられた「宿命」という「生」の内実はおのずから個別的なものであって、それを生きている限りにおいては「死ぬのはいつも他人ばかり」（デュシャン）ということになるのである。

いずれにせよ、この意義深い二つの対談は、趣きこそ違え、寺山修司が迫りくる自己の死をみつめ、その時翔びたつであろう魂の彼方を見定めようとしていることにおいて変わりはないのである。

もう一つ忘れてならないのが、扇田昭彦氏によってなされたインタビュー「〈私〉を撃つ」である。演劇をテーマとした氏の編著書『劇的ルネッサンス』に収録されたものだが、一九八三年の二月末に戻されてきた寺山修司による著者校正では、原形をとどめぬほどの改稿がなされていたといわれている。

演劇のみならず、寺山修司のすべての創作活動における彼自身による最後の総括としての意味は測り知れないものがあろう。

さて最後に、一九八一年の対談から、一九八三年のインタビュー、そしてエッセイへと、寺山修司の死に至るまでの身辺の消息について少しくふれておこう。

対談のあと、寺山修司の創作活動は医者のすすめる安静どころか、ますます拍車が掛かってゆく。七月「百年の孤独」、八月「観客席'81」とたてつづけに演劇公演を。翌二月初頭には沖縄ロケを敢行して遺作となった映画『さらば箱舟』を撮り上げる。さらに八月の利賀村の国際演劇祭、および十月のパリ公演での「奴婢訓」の上演。休むまもなく十二月の「レミング――壁抜け男」において最後の演出を行なっている。

寺山修司にとって六〇年代、七〇年代の疾走もすごいが、この八〇年代の疾走はさらに凄まじいものがある。

やがて十二月には、ドクター・ストップがかけられ、やむなく彼は天井桟敷の演劇活動から身を退《ひ》くことになる。当時の私など編集者の目には映画、演劇の嵐のような作業から離れて寺山修司の身体は静かな小康状態をとり戻したかのようにも映りはしたものの、実際には一月末から急傾斜で衰弱していっていたのだ。

最初にふれた寺山版「舞踏会の手帖」は、ちょうどこの頃にあたる。山田太一氏の弔文や母はつの文章（『母の螢』）からは、その美しい交歓の状景が残されたのである。

ついに医師は入院を嫌がる彼のために擬似入院（患者が病院同様の療法を自宅で行なうということらしい）という手だてを約束させざるを得なかったが、それでも彼はそれを守っておとなしく静養していたというふうでもなかったらしい。

事実、高熱で意識を失った四月二十二日直前まで、原稿やビデオレターの創作のかたわら、皐月賞だといっては中山競馬場まで足を運んでいたし、ドイツ映画祭のためにも渋谷で講演をこなしたりしていたのだ。

それにしても印象深いのは、高熱が何日も続き、往診した医師が入院を再三すすめるにもかかわらず、寺山修司は頑としてそれを拒み通していることである。二度と出てくることのない病院のベットで漫然と死を迎えるそんな生き方は、彼にはとうてい受け入れることはできなかったのだ。

これなどをみると、寺山修司の死が、周囲に期待する向きもあった前衛としての死でもなければ文学者の死でもなく、ひとりの男としての生きる流儀であったことがよくわかる。

そんなわけで、寺山修司は二十二日に意識が混濁し、やがて意識を失ったまま病院へ送られたが、ついに再び甦ることなく五月四日、この世を去ったのである。

IV

寺山修司のラジオ・デイズ——地獄めぐり

「中村一郎」「大人狩り」

「中村一郎」(一九五九年)は、寺山修司におけるラジオドラマとして、その鮮烈な出発を刻印しているという点で、まさしく彼自身が自註年譜に記したように輝かしい第一作と呼ぶにふさわしい作品である。

放送されたのは一九五九年。この若き歌人は、電波によるマスメディアを見事にとらえたのだ。ある日われわれの目の前に、アドバルーンのように空を自由に歩く男が現れるという「中村一郎」の奇抜な着想が、なんといってもまず寺山修司的である。「大人狩り」(一九六〇年)における子供たちの武装蜂起にしても同様で、現実にはあり得ない出来事を、変哲もないわれわれの日常生活のなかに放り込み攪拌するというこの手法は、後々まで好んで使用された。

ただ寺山が非凡なのは、その着想の衝撃が社会に及ぼすさまざまの反応を、ドキュメンタリー・タッチで追いかけながら、巧みに遁走曲や綺想曲を思わせる軽快さでユーモアや風刺へと転化していく点にある。つまり日常を非日常によって攪拌し、異化することによってわれわれの日常の隠された姿を浮かび上がらせるのである。

空を歩く中村一郎は、人々の夢や願望を仮託する偶像となり、子供たちにとっては英雄として憧れの的となる。しかし彼の内実はといえば、平凡な保険外交員が失恋のために自殺をはかっただけの無気力な結果にすぎない。
結局は、空を歩くことにも自信を失って、注目をあびた社会から身を隠してしまう。が、ラストの子供との対話は、スキャンダルを好み人を驚かすのが好きだった寺山修司の、その背後の肉声を聞くようで興味深い。

中村 おじさんはね、空なんか歩けないんだよ。
子供 だって歩いたじゃないか。
中村 あれはまぐれさ。おじさんは英雄なんかじゃないんだよ。
子供 月光仮面より弱いのかい。
中村 弱いとも。おじさんはね、英雄になんかなりたくないし、ならなくてもいいんだよ。
子供 チャンスだったのにな。
中村 何が?
子供 あのときさ。
中村 こうして平凡にくらしてるのが一番いいのさ。
子供 そうじゃねえな。
中村 そうなんだよ。幸福は平凡な毎日の中にしかないんだよ。

子供 そうじゃねえな。

この幸福についての論及は、以後の『家出のすすめ』や『幸福論』のなかにさらに発展したかたちで収められている。

中村一郎と子供のこのアレゴリカルな位相は、「大人狩り」でも変わらない。九州で突然叛乱を起こした子供たちの革命は、当然現秩序を日常とする大人たちの生活をおびやかし対立する。ラジオの臨時ニュースから伝えられる事件の発端は、明らかにオーソン・ウェルズの「火星人襲来」からヒントを得たものだが、ラジオという媒体をもっとも効果的に使用したものであり、こうした日常への虚構の侵入は、寺山修司がもっとも得意とした手法であった。

ニュース放送を巧みに挟みながら、子供側と大人側の議論が、対立的にモンタージュされ、社会現象として波及していくさまが、刻々新聞記事を、めくるように展開される。そして、いつのまにか風刺の効いたファンタジーへと移行していくのは、「中村一郎」と同様である。

だがそれよりも、この作品の衝撃が九州のある教員組合で問題視され、直接的な社会的反応を惹起したという点で、寺山修司の表現における挑発性がもっともよく現れていたと言うべきかもしれない。現実と虚構を対置するだけでなく、その混淆する波打ち際に表現の場を持ち込むことこそ、寺山修司の創作の戦略でもあったからである。

このカーニバル的な混乱のなかで、途方もない夢のような想像力と現実的な破綻をかかえこんだ子供の視点こそ、寺山修司が終生手離すことのなかった現実批判の武器だったといえる。

しかしここでは、両者の対立を父と子の関係としてとらえている点で風刺以上の味わいとリアリティを獲得しているのである。それは、そばかすといわれる子供兵士と、捕虜となったその父親との心に沁みるエピソードだ。

そばかす　パパ、逃がしてやろうか。
父親　でも、お前は？
そばかす　おれは、残る。
父親　それはいかん。お前を処罰させて逃げるわけにはいかない。
そばかす　おれが自分で選んですることだ。構いやしないよ。理想社会なんて言っても、結局ほかよりすこし広い牢だというだけのことなんだ。
父親　後悔してるのか？
そばかす　革命に？　まさか。もし後悔してるとしたら年をとることを黙って許しておく自分に対してだよ。パパ、この裏の岸壁にボートがある。ね、いいかい、それに乗ってまっすぐ漕ぐんだ。するときっと、朝までには向こうへ着くから。
父親　ナツメは？
そばかす　あの子は盲目だから、ここにいたほうが幸福なんだ。いつまでも醒めない夢をみて……
父親　じゃ、お前。とにかく生命を無駄にするなよ。

そばかす　岸壁に子供たちがいるから気をつけてね。
（間、水音）
子供1　何だ。
子供2　大人かもしれないぜ。
（銃声。一、二発）
子供2　何だ、水鳥だよ、きっと。
子供1　退屈だな。
子供2　石蹴りでもするか。
子供1　よし。

やがて生意気ざかりだったリーダーの子供が、ある朝鏡の中の自分に髭が生えていることに気づくという秀逸なラストをもつこの作品は、後に『トマトケチャップ皇帝』という一六ミリ自主映画にもなっている。

「鳥籠になった男」「大礼服」

「あ、先生、鳥になっちゃった」

この「鳥籠になった男」（一九六〇年）における幻想的な変身譚は、鳥という寺山修司的メタファーによって、日常性の停滞を打ち破って、自由への憧れを奏でる愉しいファンタジーである。鳥に関しては、寺山修司はさまざまな言説を残している。

「どんな鳥だって／想像力より高く飛ぶことはできない／だろう」（『ロング・グッドバイ』）

「ぼくは撃ち落されてきた鳥なんかには興味を持たない。それは〈自由〉じゃないから」（放送台本「飛びたい」）

「同じ鳥でも飛ばないとりはなあんだ？／それはひとり　という鳥だ」（『赤糸で縫いとじられた物語』）

撃ち落された鳥に関しては、童話「かもめ」で、また街中の人々が鳥に変身して増殖していくというイメージは、やはり童話「壜の中の鳥」で、変奏されている。

その意味でこの作品は、鳥をメタファーとした原型的作品といえるものだ。主人公は「何か新しいことをしようとすると、頭の中で鳥が羽ばたく」のが聞こえてきて、そのため行動を思いとどまらせているうちに、どうやら自分の心のなかに鳥を飼っていながら、それを飛ばしてやることもできない無気力な、いわば鳥籠のような存在になってしまったらしい。そしてある日ついに、その鳥籠を壊すことを決意して自殺してしまうのである。自分の中の鳥を自由に解放してやるためにである。

空に飛び立つこの鳥の増殖は、ヒッチコックの不気味な異物としての鳥の群れとは対照的にユーモラスだが、人間の内面を比喩化したイヨネスコの変身譚『犀《さい》』の影響があるかもしれない。鳥の増殖が社会にとって無害であることが判明したにもかかわらず、人々は鳥狩りへと駆りたてられていく。砲声の轟くなか、大人たちの愚行をのりこえるかのように、子供たちの描いた絵の中から鳥たちが大空へ飛び立っていく。「おれも飛びたいな」「あたしも」と。

五年後の「大礼服」（一九六五年）では、鳥籠に替わって大時代的な大礼服を着た男が死神として登場する。ドラマもさらに緻密さをましている。

少女が見たという大礼服の男の出現は、人々の目には見えないということもあって、たちまち社会秩序に異変をもたらすことになる。老人たちは木のことばで話し合うようになり、人々は家を捨て野原で暮らし始める。また学校も教室から出て青空の下で行われるといった具合だ。ユートピアのようにも、また死の世界のようにも感じられる。

そこで秩序を守るために、敏腕刑事が大礼服の男の逮捕に立ち上がるのだが、実はこの刑事、大礼服の男を見てしまって以来、その男に魅了されて死の世界へと誘い込まれつつある半病人の少女の婚約者でもあった。

少女は、自分の目にだけしか見えない、その大礼服の男にむかってささやきかける。

少女　あたしも早く、あなたと同じように「もう一つの世界」へ行きたいわ。昼でも霧がかかったように何もかも輪郭がぼんやりとしていて……誰もが心のなかの漂流物を数えながら、朝の港町で、ひっそりと新聞を読んでいるような世界……

少女のみる夢が現実となるとき、それは死の世界を意味しており、この世に少女をふみとどまらせるためには、一体どうすればよいのか。

夢のような甘美な死の世界に対抗するためには、この生の世界をよりいっそう魅力ある潑剌としたものに充実させる以外ないではないか。

刑事　大礼服の男に、人間生活のすばらしさを嫌というほど思い知らせて、あの男がもう何者にも近寄れないようにしてしまうのだ。

この闘いは、怪盗ルパンに対するシャーロック・ホームズ、怪人二十面相に対する明智小五郎といった趣きがないではない。

刑事 私はきみを死なせたくない……きみをこの素晴らしい人生の中から見失いたくないのだ。

少女 (うわ言) 素晴らしい人生ですって? 矛盾だらけだわ。

刑事 そうさ。だが、この矛盾だって素晴らしいのだよ。人間が生み出したものだからね……こいつも家具什器や、畑の野菜と同じように、皆の力で作り出したものじゃないか。

(中略)

少女 でも、私はもうここにはいないのよ。……もうここには……

そこで、自ら大礼服を着こんだ刑事は、少女にこう、宣言する。

刑事 死がお祭りなら、人生だってお祭りだということの証しに、わざわざ着て来てやったのさ。

あんな居もしない大礼服より、こっちの方がずっと立派だろ。

そして、ありとあらゆる人生の素晴らしい騒音を掻きたてて、少女の魂を死（夢）の世界からとり戻そうとするのだ。「すばらしい、すばらしい。生きてることはすばらしい！」
意識をとり戻した少女が、目をあけて聞く。

少女　ここは、どこ？
刑事　見た通りさ、私の腕の中だ……
少女　（ひどく不安そうに）あたし、幸せなの？　それとも不幸せなの？

人生の両義性を示すこのラストには、寺山修司らしい含蓄がこめられている。決して単純な現実讃歌ではないからだ。「誰も死のうとしなくなったり」「夢をみなくなってしまう」ことへの警句が込められているからである。
俗なる日常性（可視）と甘美なる死（夢）の世界のメタフィジックな葛藤を通して描かれた寺山修司のファンタジック・メルヘンの傑作である。

「いつも裏口で歌った」「もう呼ぶな、海よ」

この二作で寺山修司は、彼のラジオドラマにおける作風に変化を示している。それまでの虚構でもって現実を攪拌するファンタジーの方法から離れて、現実社会の実相になまなましく迫ろうとしているからである。

また、倉本聰が、いずれの作品にも当時のディレクターとして関わっていることも、この試みをいっそう興味深いものにしている。

六〇年前後映画界を席巻していたヌーベルバーグの影響もあって、従来のスタジオどりのカッチリしたセリフやドラマづくりではなく、マイクを街に持ちだして、街の空気そのものと一緒に、ナチュラルでリアリティのあるドラマづくりを狙っているのだ。

「もう呼ぶな、海よ」(一九六一年)は、米軍の基地問題という政治的闘争の渦中で、少年と黒人兵の友情を象徴する山羊が基地反対派の運動員によって射殺されるというドラマティックな物語だ。たとえば週末に家に帰ってくるセールスマンの父親と少年がかわす山羊についての会話など、現在聞いていていても人物の息づかいまで感じられる新鮮な描写である。ほかの会話も同様で、人物がかもし出す身ぶりそのままのセリフとなっているのである。相手の笑い声や反応も、当然言葉が重なったりもする。ヌーベルバーグの、手持ちカメラが対象を追いかける感覚がマイクから横溢しているのだ。

その半年前の作品「いつも裏口で歌った」（一九六一年）では、もっと大胆な試みがなされていて、いわゆるドラマらしい台本さえ見あたらず、ごく基本的な設定があるのみである。

登場人物は二人。地方出身の東京で働いている貧しい恋人たちである。この二人の休日のデートをマイクが追いかけていくのだが、とくに事件といったものがあるわけではない。

わずかなお金を手に、上野駅で落ち合うと、浅草で一日を過ごす。パチンコ屋からラーメン屋、仲見世から隅田川へと辿りながら二人のさまざまなおしゃべりが続けられるのである。

ところでこの作品が、なんといってもドラマを超えて貴重なのは、この恋人たちを当時の若き寺山修司と九條映子（九條今日子）が演じていることである。しかも徹底したドキュメンタリー・タッチだから、演じているというよりも、ほとんど本人そのまま、ありのままの即興となっている。

寺山修司には、自作の短歌を朗読したテープとか演劇論を語ったビデオなどが残されているが、これほどあからさまに、ほほえましい日常の素顔が残されているのも珍しい。

寺山修司が、恋人たち二人の抱えている主題を浮かび上がらせようと会話のなかでさまざまな提案をもちかけるが、その九條映子の反応が素直かつ直截で爽やかだ。男を信頼しきった若い女性の輝きにあふれている。もっとも、東京っ子らしくチャキチャキしていて地方出身者とはとても思えないが。
なかでも、隅田川をすべる船の上で、二人がセントルイス・ブルースをハミングするところなどは、寺山ファンならずとも嬉しくなるところである。「夕陽が沈むころ、セントルイスを涙で捨てて」と。

ホームシック・ブルース

鉄橋が　ひびかせるのは
悲しい　かなしいうた
鉄橋が　ひびかせるのは
悲しい　かなしいうた
列車がとおって　ゆくたびに
ぼくはどっかへ　行きたくなるんだ。

口のなかまで　心がつきあげ
停車場へと　ぼくはでかけた
口のなかまで　心がつきあげ
停車場へと　ぼくはでかけた

南のくにへと　ぼくをはこぶ
貨車はないものかと　さまよって。
ああ　節をしってて　つらいのは
ホームシックの　ブルースだ
節をしってて　つらいのは
ホームシックの　ブルースだ
泣きだすまいと　がんばって
ぼくは　口をひらいては　笑うんだ。

——ラングストン・ヒューズ（訳　木島始）

これは、九條映子が声を押し殺して、くぐもった内面の声のように読むラングストン・ヒューズの詩だ。当時、寺山修司のレインコートのポケットには、すり切れたヒューズの詩集がいつもその分身のように入っていたといわれている。

二人の会話は、やがて結婚のこと、男の母親のことにも及び、まるでその頃直面していた寺山修司の状況と重なってきたりする。また思わず吹き出してしまうところもある。

再録してみると、こうだ。夜のベンチで、男は語る。

信ちゃん （クリーニング屋では）毎日、お日さまが裏口からしか昇らないんだよね。時々大きな声でワーッと叫びだしたくなることがある。
ヨシコ いいわよ、怒鳴ったって、誰もいないもの。（やさしく）
信ちゃん 何て叫ぼうか。（意を強くして）
ヨシコ 「ヨシコ」（本人の名）
信ちゃん エ!! エエエエ……いやだな。（驚く、そして照れ始める）
ヨシコ 早く！（意に介さず催促）
信ちゃん ヨ、だけでいい？（たじろいで弱気）
ヨシコ いいわよ。（大らかに）
信ちゃん （思い直して）ヨシコ、か。恥ずかしいな、へへへへ、駄目だ、出来ない。

口ごもったり、照れたり、この二人の抱腹絶倒の即興劇は、漫才を聞いているように愉しく、かつ懐かしい。

ところで、「もう呼ぶな、海よ」では、少年のナレーションが使われている。寺山修司の代表的な文体の一つであるハードボイルドのスタイルである。

少年 過ぎ去った夏を、どんなにか僕は懐かしく思うことだろう。
ボビー、本名はロバート・アルドリッチ。あだ名は、日なたの乾しぶどう。シカゴで白人の医者の運転手をしていたという、気の弱い仲間。

異なった民族のたった一人のぼくの友だち。

だが、彼はもう居ない。もう二度と帰ってはこないだろう。

彼を追い出したのは誰なんだ。一体誰が……。日なたの乾しぶどうの夢を、あの基地の中に追い戻してしまったんだ。


政治の苛酷な闘争の中で、銃弾が少年の山羊を撃ち、ボビーは姿を消す。少年と黒人兵をむすんでいた山羊は、基地反対を激化させようとする反対派の運動にとって有害なものとなっていたからである。個人的な友情の象徴である山羊を容認することが、大局的な政治を見失わせてしまう。山羊を射殺することで対立をはっきりさせることが、反対運動側の政治の論理だったのだ。

当時の大島渚の『愛と希望の街』や『飼育』の主題や、羽仁進の『不良少年』の方法にも重なる力作であるが、それらの作品に較べて、いささか感傷的に感じられるのは、山羊が非政治的なヒューマニズムを代弁しているかのようにみえるからであろうか。

しかし、「祖国か友情か、どちらかを裏切らなければならないとしたら、私は祖国を裏切るだろう」とフォスターを引用して強調してきた寺山修司である。そして、「友情は人間が事物的に扱われてゆく〈科学の法規〉から身を守るための、最後の熱い砦だと思われる」(『ぼくが戦争に行くとき』)とも記している。

すでにこの時、控えめながら、政治主義に対する自己のスタンスを見きわめようとしていたのではないだろうか。何よりも寺山修司が言いたかったのは、政治イデオロギーにおける闘いや発想に対する、個人の尊厳を賭けた拒否《ノン》にあったはずである。

絶筆となった「墓場まで何マイル？」では、たとえば「少年のための〈Home Again Blues〉入門」にしろ「Dig」にしろ、この寺山修司のハードボイルド・タッチの文体が、一片の感傷もなく見事に結実している。

「恐山」

一九六二年。二十六歳の寺山修司は、「帰郷して、恐山にのぼり、巫女の口寄せに興味を持つ」と自註年譜に記している。

すでに歌集『空には本』『血と麦』を発表するとともに、戯曲「血は立ったまゝ眠っている」や映画『乾いた湖』などのシナリオを書いており、そのあふれる才能はラジオドラマにまで進出していた頃のことである。

彼がラジオドラマで活躍したのは、大体この六〇年前後から天井桟敷を設立して本格的に演劇活動に入る六〇年代後半頃までといっていい。

ところでこれまで、彼のラジオドラマにいくつかの受賞作があることは知られていたものの、作品そのものがそれほど注目されてこなかったのは、なんといっても映画や書物とちがって接するチャンスが極端に限られていたことによる。

しかし現在、当時の代表作品がＣＤに収録されて自在に聴くことができるようになると、今さらながらこれらラジオドラマの持つ意味と重みがひしひしと感じられてくる。実際、寺山修司の俳句、短歌が後の彼の詩的散文を支えつづけたように、彼の映画、演劇のドラマ世界を支えているのが、まぎれもなくこれらのラジオドラマであったことが分かる。いわば寺山的劇世界の原石とでもいうべきものだったのである。

寺山修司は、この「恐山」（一九六二年）を皮切りに「犬神の女」（一九六四年）、「山姥」（一九六四年）とつぎつぎと日本の土着的呪術性に目をむけ、意欲的に取り組んでゆくことになる。いわゆるフォークロア三部作である。

その端緒となった画期的な契機が、前述の恐山探訪だった。実はここで思いもかけない大きな鉱脈にぶつかったのである。いや単に旅行者のように異空間を再発見したというような生易しいものではなかった。彼の身体深くうごめき、夢で反芻し、空想で思い描いていた少年時代の地獄の体験が、改めて生々しい現実のものとして姿を現したというべきなのかもしれない。

寺山修司が、死者と生者の交流する恐山伝説を現代に再生させようと企てた時、これまでのファンタジーやリアリズムは一旦姿を消し、ドラマの構造は深層深く変容を強いられることになったのである。

良太（成人）　外には風が吹き、月には暈《かさ》がかかっていた。売ってしまって他人の土地になったおらァの土地には立入禁止の縄が張ってあった。
おらァはそれをまたいで中に入り、土をほりおこした。そして、その中におっ母の真赤なくしを埋めた。

埋めてしまって、じっと耳をすますと、その土の底からなんだか声がきこえるような気がするのだ。

良太（少年時代）「おっ母の真赤なくしが、子守唄をうたっているぞ！」

（中略）

良太（成人）　おらァは何だかじんとなって、恐山に向って叫んだもンだ。

良太（少年時代）「土地返せ！」「土地返せ！」

そんな少年にも、一年に一度の祭りの日には、親類の年上の和子と淡い逢瀬を愉しむことができる。孤独な心をいたわるようなはかない恋がスケッチされる。決して結ばれることのない寺山修司独特の淋しい「かくれんぼ」の旋律だ。

良太（少年時代）　大きな欅《けやき》の木のまわりを日が沈むまで、ほかの男の子と女の子が追っかけっこをしていた……そしてとうとうつかまえずにいつのまにか二人ともいなくなってしまった。

（「もういいかい」「まあだだよ」エコーになって）

良太（成人）　祭りがすぎると、ふいに秋がやってくる。

おらの家の、漬物樽の中に。
牛小舎の藁の中に！
お婆の位牌の中に！

青年は山から呼び寄せられるように恐山にのぼっていく。恐山は「死」を生まれ替わりとする霊場である。巫女を通して死者とも交流できる場所でもある。

良太（成人）　おらは、恐山へのぼってみよう、と思った。暗い小作人のままで一生終るか……ほんとに生れ代らなければ、しあわせは得られないのか！
すべては、因縁と血ぬられた山、恐山へのぼってみることによって答が得られるかもしれない。とおもったのだ。

興味深いことは、この青年の独白は、作家寺山修司が近代という民主主義や科学万能の方法では決して対決できない日本の土着的呪術の世界へと、今まさに足を踏み込もうとする作家的決意の表明のようにも聞こえることである。

良太（成人）　じぁあ、あるのに見えないものというのは何なの？
巫女　それは……冥土よ、あの世よ。見えてでも、ほんとは無え……のが、この世での……

見えねけんどもほんとはある……のがあの世さね。

巫女の口から、恋人の自殺を知らされた少年に、老人は語る。「夢だと思っていることがほんとで、ほんとだと思ってることが夢だ」と。

寺山修司にとって、「夢」と「現実」の反転のメカニズムこそ、地獄の発見にほかならなかった。映画『田園に死す』の原型ともなったこの「恐山」の世界によって、彼の創作における呪術紀行は、その第一歩をしるしたのである。

「犬神歩き」「箱」

恐山伝説によって転生譚を描いた寺山修司が、次に取り組んだのが、犬神伝説にもとづく憑依譚だった。

犬神伝説に関するラジオドラマには、名作「犬神の女」(一九六四年)があるが、その前年に発表したこの「犬神歩き」(一九六三年)も、それに劣らぬ力作である。

日本の土着的で前近代的なこの主題は、共同体のなかで差別されタブー化された歴史を持ちながらも、その呪術性ゆえに強く寺山を惹きつけたものと思われる。というのも、寺山は、それによって自分の存在の秘密——孤立してしまった境遇のおののきを読み解こうとしているようにみえるからだ。その迫真力は只事ではない。まるでこの呪われ忌避された犬神憑きの家系こそ、自分のルーツであったかのようにこの呪術的世界にわけ入ってゆく。

これは一つには、寺山修司の独特の孤独感とも関係する。元来彼は、自分の孤独を仮託する存在として、孤児や混血児を初期の俳句や短歌に登場させている。

また長篇詩「李庚順」においても、青森で母親を殺して東京へ出奔する主人公として、戦争で日本人の父親を亡くし、朝鮮人の母親（その母は日本人）と暮らす李という青年を描いている。また小説やエッセイのなかで、勝負に人生を賭ける賭博者や犯罪者など社会の厄介者にしばしば共感を寄せるのも、その流れである。

たとえそれが、国家であれ、革命であれ、共同体の支配的イデオロギーには、決して同調しようとしない彼の立場も、この孤独感と無縁ではないはずだ。

戦後の進歩思想では切りむすべない、しかし彼にとっては決して無縁でない、むしろ切実な世界に直面していたのである。

哀切きわまりない子守唄で始まる「犬神歩き」は、七歳の時に母親に犬神が憑いていることを知らされた少年が、「屋根に石を置いた暗い家の奥、吊るした乾燥味噌のあいだをすりぬけていく風の音と、裏山の鴉の声を子守唄にして」育つが、その土地では、「犬神憑きは、神がかりとして尊敬されながら、疎んぜられる傾向があり」、組合をはじき出された父親は鉄道自殺で死んでしまう。

精神に異常をきたした母親は、奇行に走るなか、祈禱師による犬神落としの荒療治を受けさせられて、そのために死んでしまう。

呪われた暗い孤独な風土からぬけ出すため、明るく近代化された東京へ出発しようとしていた青年は、母親の死に直面して、「東京は、私にとって一つの祈禱にすぎなかったのではないだろうか」と呟く。

これは、恐山との出会いによってスパークした寺山修司の芸術創造における呪術紀行への決意表明にほかならないだろう。

正太　私は、朝焼けの空を見上げた。赤々とした血の色の私の生まれた村の朝焼け。犬に憑かれて死んだ母を生贄にし、雲の厚さのなかにぬりこめ、空にはまぼろしの犬の吠え声が熱くめぐっていた。

ラストの子守唄が哀切なのは、死んでいった母親への青年の思慕が、彼をして犬神憑きの家族の末裔であることを心に刻ませ、強く自覚を促しているためだったにちがいない。

「箱」（一九六四年）は、翌年発表されたものだが、テーマも作風も一変して、ユーモラスな幻想風刺劇の佳作である。「中村一郎」や「鳥籠になった男」などと同じファンタジーの系譜といえよう。

作風の極端に異なった作品がほぼ同時期に並ぶという、こうした傾向は寺山修司の場合、さして珍しいことではない。たとえば一九七八年の紀伊國屋ホールでは、呪術劇「身毒丸」と実験劇「観客席」というまったく異なった演劇が一週間替わりで公演されたりもしているからである。

寺山修司の風刺喜劇が、つねに社会批判のみに堕することがないのは、「箱」にみられるとおりである。変身などの異変の勃発は、いつも主人公の内面の疎外化、空洞化から起こっているからである。存在論的不安といってもいい。

日常性のメカニズムに組み込まれてしまった自分に愛想をつかした主人公は、自分だけの自由な世界を夢想して家族からも社会からも失踪を企てる。そしてその時、傍にあったリンゴ箱が、その男の格好の隠れ場所ということになるのである。

——ある架空の対話。

女の子　入ってるの？

箱に入った先生　ああ。

女の子　居心地はどう？

箱に入った先生　満点だね。こうしていると、何の不安もない。他人と会わなくてもすむし、第一ガミガミ屋の女房の声も聞かなくてすむ。

女の子　でも、食べ物はどうやって手にいれるの？

箱に入った先生　考えたこともない。つまり私はいま、そんな生活的な問題を超越しているからね。

そして蒸発してしまった男に対する、まわりの無理解な雑音が、おもしろおかしく遁走曲のように駆けめぐるのである。

——犬小屋をさがしていた男の子が、貧乏ゆすりをしている箱をみつけるエピソード。

男の子　中は、まっ暗だ。
女の子　それだけ？
男の子　よく見ると小さい星がいっぱいだ。
女の子　光が差し込んでくるだけじゃないの？
男の子　いやいや。この箱の中には天体があるらしいよ。ふうむ、こんなリンゴのボロ箱なのに、中の暗闇ときたら、すげえもんだ。まるで何億光年かかっても光の届かないはるかな天体がつめ込まれているような気がする。ああ、暗闇って、なんて素晴らしいんだろう。
箱に入った先生　やれやれ、箱の中まで、見張られ始めた！

自由をもとめて次々と箱の中へ失踪してしまうこの男たちのユートピア願望は、寺山修司の箱幻想が生み出した機知と風刺にあふれた、もう一つの幸福論でもある。

「山姥」

「山姥」（一九六四年）は、生涯寺山修司の作品の代名詞のようになった〈母捨て〉を主題とした初めての本格的な作品である。いわゆる姥捨て伝説を素材としたものだが、これを描くにあたって、中世芸能のファルス様式である狂言のスタイルを採り入れているのが注目される。

元来寺山修司は、きわめて自覚的な方法意識をもった作家である。「恐山」以来、自分のなかに深く浸蝕する土着的要素を見きわめようとして呪術的世界にふみ込んだのだ。それが、「恐山」「犬神の女」「山姥」のフォークロア三部作ということになる。そしてその各々の主題に応じてさまざまな方法的模索が意欲的に行われたのである。

前作「犬神の女」では、ロルカ詩劇の持つ悲劇の形式によって、犬神の末裔であることを自覚してゆく少年のふるえるような魂の旋律が社会通念の幸福感との乖離のなかで見事に描き出されていた。

そして今回、一見意表をつくかにみえるこの狂言スタイルが決してアイデアだけに頼っているような作品でないことは、用意周到なプロット、誇張されデフォルメされた人物造型、さらには諧謔とペーソスの絶妙の配合によっても一目瞭然なのである。

さまざまなジャンルをとび越し、越境した寺山修司のことだ。形式への紊乱者と見られがちなのも無理はないが、しかし実はもともと、様式に対する確固たる信念のようなものが彼にはあったのである。

それは、彼の初期の表現形式であった俳句や短歌に対する姿勢をみてもよくわかる。短詩形の定型のなかに、あれほど新鮮でみずみずしい情感を盛り込めたのも、この様式によせる深い洞察と信頼がなければ不可能だったにちがいない。様式とは、「ある深いひとつの共同体であり、いろいろな魂が永続できるひとつの同胞性のかたち」(ウエイドレー)であることを熟知していたのだ。「山姥」においては、狂言のスタイルを見事に駆使することによって、この陰惨で救いのない姥捨ての世界を、赤裸々で人間くさいファルスへと鮮やかに転生せしめているのである。

息子が家に嫁をとる時は、口べらしのために母親を除かねばならないという村の掟のため、性欲に苦しむ善良なフールである息子の平作は、心ならずも姨捨山に母親のおくまを捨てることになる。

白髪を梳いた　櫛一つ
姨捨山に　埋めておき
墓も立てずに　死んでゆく

それがさだめと　思えども
なぜか未練の　むもれ草
伜を生んだ　ばっかりに
伜育てた　ばっかりに
この岩山に　捨てられて
ひとりさみしく　飢え死ぬか
鴉よ鴉　まっとくれ
あたしが死んだら　どうなりと
食うも　荒すもかまわぬが
せめて今際《いまは》の　一仕事
今年の冬は　寒いから
伜のための　腹巻きを
白髪で編んで　やっている
この一仕事　終るまで
鴉よ鴉　まっとくれ

だが折角迎えた花嫁も、平作を寄せつけず、寝床の中でも草刈り鎌を手離さぬ始末。思いあぐねた平作は、捨てた母親の智恵を借りたさに、ふたたび姨捨山にやってくる。

寺山作品の母親は、被害者だけの母親ではない。息子の気持ちなど歯牙にもかけぬ独断専行のエネルギーにあふれた加害者でもある。並一通りの人物ではないのである。縄をほどかれると、早速、飯をもってきていないといって息子に毒づくのだ。

おくま　おれはな、平作。よその年寄りとはモノがちがうに、山底へおちて死んで鴉の餌になったり、蟹みたいにいざりながら、念仏泣きしたりはせんぞ。

平作　へ……

おくま　おれみたいなしっかり者《もん》はな。生きて生きて、山姥になってな……

平作　山姥になって？

おくま　そうじゃい。山姥になって、鼻唄うたいながら、面白おかしく暮らすんじゃ。

こうして連れ戻された母親のおくまが、縁の下に隠れて嫁の様子を窺っているうち、ついに嫁の密会の現場を目撃する。

おくま　間男じゃ、間男じゃ、皆の衆、来ておくれ！

おくまの大声に、たちまち村は大騒ぎ、平作の馬鹿力で、嫁は情人ともども散々にやり込められて逃げ去ってしまう。

そしてふたたび――、姨捨山へ帰されることになったおくまは、今度は村の掟を素直に聞き入れて息子の背中におぶさってゆく。息子のうたう子守唄を、子供のように聞きながら。

姨捨山へ　山三里
鴉啼け啼け　ねんねこしょ
背中じゃ　お婆も
ホレ　泣いている

姨捨山へ　山三里
夜念仏となえて　ねんねこしょ
赤い　夕日も
ナム　あみだぶつ

面白おかしく誇張され、戯画化されたこの母子の愛情も、いつか同時にしみじみとした情感をたたえているのである。あるいは、こうしたファルスでしか表現し得ないほど、寺山修司にとって母子の愛とは、切実な主題であったということになるのかもしれない。

この愛憎のアンビヴァレンツは、これ以後彼の作品にさまざまなかたちで影を落としてゆく。「山姥」は「青ひげ」として戯曲化されているし、映画『田園に死す』をはじめ、戯曲「邪宗門」

や制作されなかったテレビドラマ「十三《とさ》の砂山」、さらにはシナリオ「無頼漢《ならずもの》」の中にも、繰り返し変奏されているのである。

「私は憎むほど故郷を愛していたのかもしれない」と綴った寺山修司である。母親もむろんまた、そのレトリックの対象であったことに間違いない。

「まんだら」

寺山修司は、少年時代の三大地獄として、青森で遭った空襲とお寺で見た地獄絵、それに父親の出征の夜、二〇ワットの裸電球の下で父母がもつれあっていた性のイメージを挙げている。「蓮得寺の、赤ちゃけた地獄絵の、解身地獄でばらばらに解剖されている（母そっくりの）中年女の断末魔の悲鳴をあげている図の方が、ほんものの空襲での目前の死以上に私を脅やかしつづけてきたのは、一体なぜなのだろうか？」と、その自叙伝『誰か故郷を想はざる』に綴っている。

「まんだら」（一九六七年）の冒頭においてチサと謙作が見るお寺の地獄絵は、少年寺山の死と恐怖と好奇心の坩堝であった地獄への回帰を意味しており、その地獄をふたたびくぐり直すものとしてドラマは呈示されているのである。

というのも、この作品で寺山修司がめざしているのは、彼の死の形而上学ともいえるものだからである。「生が終わるとき、死も終わる」と考える寺山修司である。彼の生存を規定し、かつ活性化を促すものこそ死と生が出会う地獄だからである。彼にとってこの地獄を描くことなしには、死をめぐる物語を語ることなどできなかったにちがいない。

地獄絵を見たチサは、真っ青になって思い出す。「あたしがどうしてここへやってきたのか？あたしは一体、だれなのか？」と。

ここで語られるチサの転生譚は、恐山探訪の際、寺山修司が土地の民俗学者から聞いたという挿話と同じものである。幼い時に死んだ子が別のところで別の名で生きつづけていたというもので、チサはフミという名で、すでに死んでしまった存在だったのである。

寺山修司はこの話に関心を惹かれたらしく「恐山」はもとより、エッセイ「家出のすすめ」や長篇詩『地獄篇』それにテレビドラマ「十三《とさ》の砂山」にも登場させている。

しかし、ここでは転生譚の不思議さのみを強調しているわけではない。死者が生者としてあらわれて、自分の出自をたずねようとするドラマの構造そのものが、実存の構造をきわ立たせているのであり、転生譚はそのために使用されているのだ。

「ぼくは不完全な死体として生まれ／何十年かかって／完全な死体となるのである」という、寺山修司の遺言のような詩のフレーズを思い出させてもくれる。

祭りの夜に誘われて死の国からやってきたチサは、地獄の現出するこの特権的時間を生き、恋をし、やがて追いかけてきた死の国の番人、黒革服を着た二人連れのオートバイの男によって、この世から連れ去られていってしまう。

オルフェ伝説を下敷にしながら、ねぶた祭りの迫力ある渦巻きに寺山修司独自の地獄のリアリティを通底させることによって、説得力のある見事な成果をあげているのである。

ここで、この物語の魅力ある脇役たちについて一言触れておくと、まず狂言回しの不吉な預言者である花売りの七草の女とオートバイに乗った死神ということになろう。彼らの存在が、祭りの日にだけ許された恋人たちのデートの時間をさえぎるように顔をのぞかせて、この恋物語を覚醒化し悲劇へと引っ張ってゆくからだ。

チサ　あたし、あと少ししか時間がないんです。

謙作　時間がない？　追われているのか？　誰かに？

チサ　…………

謙作　そうだな？　（急きこんで）あとから誰かやってくるんだな？

（ゆっくりと通りすぎてゆく、遠くの七草の女）

七草の女　花はいかが、花は……。葬儀の花なら、ぼたん、きく。むすばれて童女の髪にかざられし、葬儀の花の花ことばかな。

チサ　さそり座！　あたしの生まれ星よ、空を見てごらんなさい……。この指さきの、まっすぐ先にあるのが、あたしの運命の星です。

（と、遠くでダブルホーンのひびき、すべての音、止む）

チサ　ああ！

謙作　どうした？　チサ。
チサ　車でやってきたんだわ、あの人たち、東京の人たち。
謙作　東京の人たち？
チサ　ええ……。あれはあたしの死神！

こうして凄まじいエンジンの音を響かせて、祭りの雑踏へ突っ込んできたオートバイは、チサをはね飛ばしてしまう。

盲目の女　病院の廊下とは、不思議なところです。
その長い長い廊下で
生と死がすれちがったりするのです。
そこには、霊媒をする鴉
白髪《しらが》の巫女《みこ》たちが
病人をのせた担架をはこびながら
行ったり来たりしています。

チサが死んだ病室には、霊媒の鴉、巫女たちが集まって謙作を迎える。そして御詠歌が流れ、二人が見た地獄絵が再現されるなか、チサの魂がめざめるのである。

謙作　一緒に地獄を見たね。
チサの声　灼けつくような浄土。
謙作　あれは一体何だったのだろうか？
チサの声　愛……。愛……
謙作　ただ自分になりきることが？　それとも誰かにのりうつることが？
チサの声　（あどけなく）さみしかったわ、とっても。祭の空はきれいだった。とっても青かった。
謙作　そうとも、おまえはあの下で生まれたのだ。
チサの声　あの下で？
謙作　そうだ。そしてあの一番青いところに葬られるのだ。
チサの声　ひとりで？
謙作　ひとりでだ。
チサの声　ひとりじゃいや、ひとりじゃいや！
謙作　愛しているよ今でも……。いや、今こそだ。
チサの声　あたしもよ、謙作さん。

死に関する寺山修司の想念が、美しく澄明に定着されているというべきだろう。

「黙示録」

「黙示録」（一九六九年）には、いわゆる物語らしい物語はない。少なくとも「恐山」や「まんだら」においては濃淡はともあれ縦糸をつむいでいた恋物語は存在していない。

ここにあるのは、主人公をとりまく寺山修司の死に関するさまざまな想念とイメージであり、それが万華鏡のようにひしめき合い、こだまし合っているようにみえる。

自分の誕生を先祖の転生と考えて、その先祖たちの亡骸が沈んでいる深い川底から自分の死を透視する遥かなる空の彼方に至るまで、その世界をおおいつくしている寺山修司の壮大なイメージの宇宙といってもいい。

そしてさまざまな事柄は、少年が伯父に連れられて、仏門に入るために山上の寺へとむかうローカル線の車輌の中の出来事ということになっている。宮沢賢治の銀河鉄道を連想させるこの設定は、死を考えるための寺山修司の観念の実験室であり、少年の辿る人生の比喩のようなものでもある。

主題は、冒頭に提示される。

少年　人間は死んだら、どこさ行くの？
声　土の下さ行くんだえ。
少年　ひとりで？
声　土の下は死んだ人が一杯いるんだ。（中略）土の上から、お酒ばこぼしてごらん。それが土さ沁みこんでって、死んだ人たちさ届ぐんだえ。
少年　死んだ人には、ぼくらが見えるの？
声　見えるとも。死んだ人は皆、わたしらの祖先になる、仏になる。（中略）この屋敷の畳の下にだって、死んだ爺さん、婆さん、そのまた爺さんの婆さん、婆さんの爺さんが、皆そろっているのだから。

少年は、死の世界を見たさに、仏壇の下の畳に手をかけ、それを引き剝がす。目の前にたち現れるのは、寺山修司の「地獄」の光景である。寺山修司の生存の謎でもあり、その謎を解く秘儀の場でもあるお馴染みの「地獄」というわけである。

そしてその地獄の住人たちが、この車輛に乗っている登場人物たちということになるのだ。鳥籠のホオジロを山に放しに行く少女。「山姥」の母子を彷彿させる老いた母親と中年の息子。こびとの奇術師と彼に寄り添う娘芸人。もの言わぬ松葉杖の傷痍軍人。それに少年を山上の寺へとみちびく伯父。

寺山修司の心象風景の人物と思しき彼らの車中での日常が、少年の目を通してスケッチされてゆく。そしてそれらの断片が、少年の記憶を呼び醒ます。いや、そればかりではない。彼の中に内在し出口をもとめて息づいている死のイメージまでをも喚起していくのだ。

このモンタージュは見事だ。現実と記憶の転換、そして記憶と幻想の連鎖。まるでイメージを自在に操る魔術師の手つきを見るようだ。このシュールな感覚は、音声でつづられる寺山修司の詩篇といっていいものにちがいない。

娘芸人の語る見世物の口上も鮮やかである。

娘芸人　この人は「箱抜け」の名人なのよ。秋祭りのたびにあらわれる不死身の微笑男。縄でしばって、箱へ詰めるでしょう。その箱に錠をおろして川の底へ沈める……、それで、みんなは死んじゃうと思うの。でも、この人はいつのまにかそれを抜けて、七草の咲きほこる川岸に、現れる。

「さあさあ、お立ち会い。不死身のこびと〈箱抜け〉の捨吉だよ。九百九十九回、生き埋めにされて、そのたびに地獄から逃げてきた微笑の捨吉……お代は見てのお帰り、お帰り」

祭りとお面売りと見世物小屋。驚きと昂揚のさなか、ふと垣間見せる死の形而上学。これらいかがわしい芸能の世界は、少年に死の世界との親近性をもたらすものでもあった。

少年は自問する。「不死身、それは人間のみる最後の夢、一番重い病気だ」と。だが「死なずに老いてゆくとしたら、それは何というおそろしいことだろう」

やがて列車の進行にしたがって、不死から老いへ、老いの恐怖から殺意へと、少年の幻想はふくれあがってゆく。妄想のなかでホオジロ殺しの犯人追及に発展してゆく裁判のシーンも、寺山演劇の一齣を見るようで興味深い。

そういえば、この後、列車がトンネルに入って暗黒の中で繰りひろげる地獄めぐりからラストに至るまでの展開は、まさしく天井桟敷の演劇そのもので、悪夢のような暴力性と澄明な抒情性まで、その片鱗をありありと想い起こさせてくれる。

死と再生に至るトンネルの中での地獄めぐりこそ、この作品の眼目であり、寺山が仕掛けた最大の実験といっていいだろう。これまでの世界が、畳の下の虚空のように一挙に陰画化されるからである。それも淫靡に、悪魔的に。現実と思われていた世界は虚構化され、虚構と思われていた地獄が現実化される。寺山修司が後に『田園に死す』で試みて見事な成功をおさめたコンセプトである。

地獄では、機関車の火夫がシャベルで釜の中にホオジロをくべていて、ふり向くと、お祭りで買った〈死神〉のお面が顔に変わっている。傍らの少女を見ると、少女はもうそこにはいない。チラリと祭りの雑踏の中に少女の浴衣の後ろ姿が見えるばかりだ。そして中年の男は、金欄緞子の帯で母親を絞め殺す。以下、まるでダンテの『神曲』のように展開されてゆく。

少年　ぼくは見た、地獄を！

松葉杖の傷痍軍人が狐のお面をしながら、踊りだそうとするのだが、松葉杖が地に根を下ろしてしまって踊りだせない。ああ、もしかしたら、死んだぼくのお父さん。

ぼくは見た、地獄を！

実は夫婦だったこびとと娘芸人が、赤い玩具の汽車にのって汽車ポッポ遊びをしながら、暗黒の天を走り回っているのを。

ぼくは見た、地獄を！

ぼくの少女が髪の毛で、車にくくり吊るされて、すばらしい早さでまわりつづけながら老いてゆくのだ。


それにしても、寺山修司の地獄のイメージには、死とセックスが重なり合う。「ぼくが初めて死んだ人を見た時、母さんは男と抱き合っていたんだ」。母の情事と女の水死がセットになっているのだ。

寺山修司の生と死のメタフィジックをめぐる宇宙には、この母と子、そしてもの言わぬ父親の肖像が、黙示録のごとくひっそりとたたずんでいる。

V

寺山修司、オン・ステージ
——悲しみの原風景

説経節と寺山修司

寺山演劇のバック・グラウンド

今年の夏、たまたま私のやっている遊行かぶきで、「しんとく丸」を公演することになった。これは演劇状況が都市化現象にのみ込まれ始めた時期、天井桟敷が仕組んだ鮮烈にして反時代的な演劇「身毒丸」の出自であった中世説経節の演目でもあり、そんなことからも久しぶりに、当時のことをふり返ってみた。

三十年前の、その公演の初日、いかに私が衝撃を受けたかということについては、閉幕後のロビーで、その戯曲の出版の約束を寺山さんと取り交わした事実を思い起こしても明らかだ。しかし当然ながら、寺山修司の舞台は脚本における文学性だけでは収まりきれるようなものではなかった。

当時、ほとんど見捨てられて死滅してしまったかにみえた底辺芸能の水脈が、その力強いパトスとともに正統的に救い出されていて（それ自体、十分にスキャンダル的だった）、しかも呪術的、戦慄的な批評性（母恋いから母殺しへ）が加えられて、まさしく現代演劇として創出されていたのである。呪いの釘打ちでのたうち回る身毒丸が次々と増殖していったり、癩者となった身毒丸が、花吹雪の下で継母に化けて義弟に復讐する場面などは、今思い出してもぞくぞくするほどで、そのダイナミックで過剰な描写は表現主義的な美学にみちていた。その点、現在マスメディアで評価の高い蜷川版の「身毒丸」は、初演の初日を観た限りで言えば、その印象は大きく異なっている。緻密な舞台造型によって母子の狂気の愛が美しく謳い上げられているものの、寺山作品が正当にも内包していた芸能の源泉ともいうべき下向のエネルギー、主題の底から噴き上げてくるような受難と怨念のパトスは見られなかった。

前置きが長くなったが、従来あまり触れられることのなかった寺山修司と芸能との結びつき、とりわけその源流ともいえる説経節との深いかかわりについて、若干ここで触れておくことにする。

寺山修司の詩は御詠歌だった

「一つ積んでは父のため、二つ積んでは母のため、……地獄の鬼があらわれて、積みたる塔を押しくずす」。寺山修司の作品の背後には、ジャンルを問わず、賽の河原で幼な児が、親を慕って石を積みながらうたうこの地蔵菩薩和讃が、いつも流れている。彼は最後のエッセイで、こう書いている。「私の墓は、私のことばであれば、充分」と。

この墓としてのことばというのは暗示的である。すぐさま、彼が終生手離すことのなかった創作のための呪具ともいえる、あのエンピツ（野球ゲームにも変貌した）と消しゴム（殺人ゲームの凶器ともなった）を連想させるからだ。つまり彼は、三途の河でみなし児と鬼を同時に演じつつ、自分の墓（作品）を立てていたことになる。

名作「かくれんぼ」のモチーフにしても、さがす鬼とさがされる子供との関係は、同工異曲、淋しき和讃といえるのではないか。

寺山修司の芝居はお葬式だった

二十五年前の五月、燦々と晴れわたった日の青山葬儀場の光景が甦ってくる。参列者の代表による、心のこもった弔辞のあと、劇団員が三三五五、寺山修司の写真の前に集まってくると、泣きながら「みんな行ってしまったら」（「レミング」で歌われた）を静かに合唱した。

山口瞳はこのときのことを、「これは芝居じゃないけど、寺山の芝居で初めて感動したな」と、隣に同席した人の言葉として、賛意を込めて書いている。この歌は、自分の死を想定した上で、その別れにとり残されたもう一人の自分の寂寥を歌ったもので、この劇団員たちの声も身体も極めて自然だった。切なくも悲しい寺山修司追悼にピッタリの歌声だった。

地獄の祭りばやし、暗黒の花吹雪、そして死者への切ない追悼は、寺山演劇のエッセンスだったが、まさしくそれにふさわしく劇は構想され、鍛えられ、練り上げられていたことを物語っていた。

当時、物議をかもした状況劇場の公演に贈った黒い花輪にしても、また「明日のジョー」の力石徹の葬儀にせよ、これらもまた、寺山修司における真摯な演劇行為の証左であった。

寺山修司の母恋いは説経節だった

中世に源流をもつ説経節の水脈は、いまもなお、長谷川伸、美空ひばり、あるいは、母物映画や寺山修司のなかに引き継がれているというのが、私の推測である。ここでは寺山修司のみに限ってみていくと、まず「石童丸」（説経かるかや）である。彼は書いている。「私の最初の友人（書物）は『石童丸』であった。醬油の染みのにじんだ和綴りの『石童丸』の中の、〈ほろほろと鳴く山鳥の声きけば／父かとぞ思う／母かとぞ思う〉という和歌を、私はどれほど愛誦したことだろう」と。

この歌が、彼のエッセイに引用されるたびに、石童丸は心情を仮託された寺山修司の分身として、息づいていたにちがいない。「小栗判官」については、自身の選んだ「必読戯曲十曲」の中に挙げられているものの、残念ながらコメントは残されていない。ぜひ訊ねてみたい気もするが、今となってはその術はない。

直接創作とかかわったものとしては前記の「身毒丸」と「信田妻《しのだづま》」（葛《くず》の葉）がある。後者は山東京伝の読本を書き替えた『新釈稲妻草紙』の中に登場する。そのエピローグ部分において、原作にない孤の母親のエピソードが付け加えられていて、実際それによって余韻嫋嫋、見事な効果を上げている。この「信田妻」は、五〇年代前後のサーカスなどでも持ち回っていた出し物で、やはり当時流行した三益愛子の母物映画の原型ともいえるものであった。

さらに本格的に劇化した「身毒丸」を加えるならば、寺山修司が自らの少年時代の母恋いの思いを、いかに遠く深く水脈を辿って中世説経節の情念にまで通低させていたかが浮かび上がってくる。放送ドラマ「狼少年」や演劇「青森県のせむし男」「毛皮のマリー」「身毒丸」、それに映画『田園に死す』『草迷宮』『さらば箱舟』などは、それがもっとも色濃く表れた傑作なのである。

さらに一言付け加えるならば、遺作『さらば箱舟』における小川真由美の絶叫「百年たったら、帰っておいで」も、この芸術的文脈でみる限り、説経節的浄土において寺山修司が同胞との、友人との、そして演劇仲間との再会の成就を思い描いた見果てぬ夢、一族再会のイメージだったことがよくわかるのである。


眠ってみる夢は、かならず途中で醒める。

だから、醒めない夢を見ようと思ったら、死んでみるのが一番だ。

寺山修司

――死は、夢恋しさの蟬しぐれ。

夢と現実の戯れ

寺山版太平記のコンセプト

　寺山修司の十七回忌を迎えようとしている。しかしなお寺山修司の魅力は、依然として減ずる様子もなく、むしろ時を隔てて彼の遺した芸術的結晶の輝きがより深く鮮明になってきたような気がしてくるから不思議だ。

　今は遠くなってしまったが、六〇年代は文化ルネッサンスと呼ばれるほどの芸術的高揚期でその坩堝の時代だった。その頃から目立って活動をはじめた寺山修司は、続く七〇年代、八〇年代の初頭まで、さまざまの芸術的価値を紊乱しつつジャンルの境界線を軽々ととびこえ、一目散に駆けぬけていったのだった。まるで幻の駿馬の疾走をみる思いで彼の創造的軌跡を思い起こす人も少なくないにちがいない。

　そしてその死は、すでに六〇年代の自分の競馬エッセイの中で綴られていたように、伝説の馬キーストンの死と酷似していたのである。

「昭和四十二年十二月十七日、阪神競馬場の三千メートルのレース、四コーナーを曲がったところでキーストンがもんどりうって倒れたとき、私の頭のなかには一瞬にして李のことがひらめいた。

それははるか朝鮮海峡のかなたの空に響いた、一発の拳銃の音のこだまであった。キーストンはそのまま倒れ、私の親友の李は、プッツリと消息を絶ったのであった」

むろん、この親友の李とは、同時に寺山修司本人の比喩でもあった。


生前の寺山修司は、晩年近くまで死の影を一切みせなかった。当時編集者だったぼくと会う時なども、仕事の打ち合わせはそこそこに制作中の映画のアイデアを語ったり、秀れた新人を自分のことのように持ち上げたりして、いつもリングにのぼる前のボクサーのような精気と躍動感にみちていた。

あまりに日の当たる生の部分を強調する寺山修司の若者論に、当時のぼくは魅了されつつも、いささかまぶしすぎる思いを抱いたこともたしかである。実際それほどに、彼の周辺は生の輝きにあふれていたし、作品においても絢爛たる修辞やイメージに眩惑されてしまって、実は背後に潜んでいたはずの死の影に思い至らなかったものらしい。「鳥をみて、背後の空を見落と」してしまっていたのだった。

多才で雄弁だった寺山修司の表現が、ついに表面的に語ることのなかったもの、彼の作品の背後に沈黙したまま今もうずくまっていると思われる、そんな原風景に長い間ぼくは心惹かれてきた。

寺山修司没後、ぼくの始めた演劇活動も一つには、そんな寺山修司の魂の故郷を見定め、辿ってみたいというひそかな試みでもあったのだ。演劇における完成された彼の名作、傑作ではなく、むしろ演劇以前のほとんど省みられることのなかった初期のラジオやテレビのドラマが、その手がかりを与えてくれたのである。

「階段を半分降りたところ」「瓜の涙」「十三の砂山」「鰐」といった作品を次々と演劇化していく過程で、寺山修司の代名詞のようになった感のある〈かくれんぼ〉や〈家出〉、そして〈母捨て〉や〈父さがし〉といったメタファーの背後に、死線を透視するかのように澄明で純粋な魂の風景がひらけ始めてくるのをぼくは感じている。

嘘と本当、夢と現実の戯れを得意としてきた寺山修司にとって、演劇の力とは虚構と現実のメカニズムを反転させることだったし、その仕掛けこそが演劇の方法でもあった。

寺山修司のそんな演劇論に促されつつ現在ぼくは、やはり初期のテレビドラマ寺山版太平記をコンセプトに三年間三部作、延べ七時間におよぶ「中世悪党傳」に取り組んでいるところである。

「死ぬことが？　(薄く笑って) 石のようにこりかたまった死がか？　吹いても鳴らない法螺貝のような死がか？　そんなものは怖くはない……ただあまりにも時が足りぬことが惜しまれてならない。たぶん、私は命を狙われているだろう」

若々しかった頃の寺山さんのこんな言葉にぶつかって、ぼくはふと胸を衝かれて立ち止まるのである。

「瓜の涙」　アダプテーションの魅力

書物における寺山修司の解読作業のユニークさには、格別のものがある。当然のことながら、彼の問題意識と鋭く交錯しながら、その持ち前の嗅覚と直感によってさぐり当てられる原作品の鉱脈は、あるいは当の原作者さえ、いまだ深く自覚されるには至っていない、いわばイメージの飛翔や発想のほとばしりの背後に潜むもう一つの主題として浮かび上がらせられることになるからである。

意識的な誤読といえば、それまでだが、しかしそれは決して、恣意的な解釈に陥ることはなく、周到なコンセプトに再構築されて、原作品のもつ現代的意味を鮮やかにつかみ出していくのである。

寺山修司のエッセイや評論にうかがえる解読過程の面白さは、たとえばマルケスやピンチョン、あるいは夢野久作や泉鏡花、山東京伝にまで及んでいて、一見換骨奪胎とみまがうほど、刺激的で、かつ大胆な文脈の組み替えがほどこされているのである。

つまり寺山修司にとって、「読む」という行為は、同時に自ら合作者となって、もう一つの作品を「つくる」ということでもあったからである。短歌における本歌取りの精神は、彼のあらゆるジャンルの作品においても、むろん例外ではなかった。

寺山修司は、泉鏡花の小説を二本、脚色している。一つは、フランス資本のオムニバス映画の中の一本として、自らも監督した「草迷宮」であり、もう一つは、ラジオドラマの脚本として書いた「瓜の涙」である。

いずれもエピソードは大胆に選別され、再構築されているが、基調となるのは母恋い幻想譚であり、その迷宮性に世界をもとめたものである。そして前者においては、母恋いの旅は、主人公の人生遍歴と重なりながら果てしなく繰り返される。トートロジーとして物語の不可能性を示唆されているのである。

また後者では対蹠的に、その迷宮世界のなかで、倒立的な展開をみせ、神話的物語を紡ぐことによって母恋いを実現させようとする試みのようにみえる。

「瓜の涙」に関して少しく述べれば、掌編「瓜の涙」と、その後日譚とも思しい短編「河伯令嬢」の二つの作品を、実に効果的に、かつ魅力的に構成している。同一人物である二つの作品の主人公を、「瓜の涙」では息子とし、「河伯令嬢」では父親と設定している。

掌編「瓜の涙」の青年の少女との出会いと再会をプロローグとエピローグに置き、短編「河伯令嬢」の悲惨な心中事件がその中に囲い込まれるかたちで挿入されているのである。

つまり救済をもたらす奇瑞のような竜巻に遭遇するのは息子のほうであり、心中を試みるのは父親というわけである。そして、この両者をとり結ぶのが、心中事件の相方であった少女であり、彼女が時間をこえて白日夢のように息子の前に現れるのだ。

いわば彼岸と此岸をこえた少女の出現によって、父と子は、まるで合わせ鏡のようにぴったりと重ね合わされていくのである。

寺山修司は脚本で、こう記している。

——そのとき私は、割った瓜の片割れずつに父とおゆうの姿が映っているような目まいにとらわれた。

——私は、自分が父になっているのを感じ、じっとおゆうを引寄せた。

ラスト近くの、この二行の息子の独白にこそ、この作品に込められた寺山修司の狙いがある。なんと見事にコンセプトされた変身譚であろう。

ヒロインおゆうに魅せられていく青年の眼差しには、父親の恋人に重ねて母親への願望と思慕が倒錯的にふくらんでいく。そして自らが父親に変身することによって、父の愛の不可能性をはじめて可能とし得る地平へと踏み込んでいくのだ。

鷹追うて目をひろびろと青空へ投げおり父の恋も知りたき

山の頂きから海へとそそぐ川の傍らに位置する峠の茶店。その境界の地で奇蹟は起きる。地霊の女たちがかまびすしく囃す合唱に呼応して、河童や蛙が跋扈《ばっこ》し、鯉や鮒の魚たちがひるがえるなかで、水神の女人が顕現するのである。一切の汚辱と腐爛の現実を洗い流すかのような、奇瑞のような竜巻を伴って。

寺山修司の母恋いは、鏡花の女神幻想譚を媒介としつつ、ここに彼の主題である虚構の母神神話として結実するのである。

なお演劇化にあたっては、寺山作品が一時間に充ないことから、改めて鏡花作品を渉猟、川裾明神縁起にまつわる部分をはじめ、いくつかのエピソードを付け加え、神話的結構を補完している。

またラジオドラマの性格上多用されるナレーション部分も、鏡花的言辞を使った寺山版言語構成を重視して、できるかぎり生かすことを心がけている。

「十三の砂山」再創作への挑戦

「十三《とさ》の砂山」は、寺山修司の初期のエッセンスが詰めこまれた、ぼくの大好きなテレビドラマです。残念ながら制作はされませんでしたが、脚本は残されています。

この作品の興味深い点のひとつは、母一人子一人の母子の交流に奇妙な共犯関係が仄みえるところです。その交流のキー・ポイントでもある息子の「嘘」は、彼の優しさの証しでもあるわけですが、やがてそれ故に惨劇をもたらします。この母子の対応がナイーブで、みずみずしい。優しいけれども悲しくて、だんだん常軌を逸していくあたり、こわいけれども、どこかグロテスクなユーモアの味が感じられます。

この物語は、フォークロアの体裁をとっていて、アレゴリーがふんだんにちりばめられています。夢と現実、生者と死者が反転し、混淆する寺山修司独特の悪夢のイメージといってもいいでしょう。

今回の劇化に際しては、そのコンセプトを辿りながら、夢と現実のメカニズムをおし進めるべく再構成してみました。寺山さんの短歌や詩をはじめフレーズなどもいくつかの作品から引用、とりわけ初期テレビドラマ「田園に死す」の一シーンをメロドラマ仕立ての劇中劇バージョンとして挿入したり、また〈悪霊〉ともいうべき〈もう一人の私〉＝父親の登場には、マルケスの小説からのエピソードなども引用しています。

また寺山さんも大好きだった、そしてフェリーニやマルケスをはじめ、ぼくたちの世代に至るまで、映画少年がひとしく胸をときめかした〈スクリーン〉の中の子宮願望の世界からのパロディも挿入してみました。

多彩で雄弁だった寺山さんの表現が、ついに表面的に語ることのなかったもの、寺山さんの作品の背後に沈黙したままうずくまっていると思われる、その心象風景に、長い間ぼくは心惹かれてきました。

ここ数年、演劇以前の寺山修司作品を演劇化するという試みを通じて、手さぐりながらぼくが辿りつきたいと願っていたのは、まさしくそんな寺山さんの魂の原風景にほかならなかったわけです。

そしてそんな時、寺山さんの初期のほとんど省られることのなかったラジオやテレビのドラマが、その手がかりを与えてくれたのです。

一本の樫の木やさしそのなかに血は立ったまま眠れるものを

一本の木の底に眠る、家族というもののルーツに光を当ててみたというのが、とりあえずの今回の試みです。

この〈暗くて深い〉木のなかに流れている血、あるいはその底深く眠っている家族の肖像を呼び起こし、その死者たちの一族再会を祈るような気持ちで企ててみたのが、実は、今回のこの「夢物語」なのです。

「鰐」　かくれんぼの鬼の悲哀

寺山修司の「鰐」は、六〇年代に、書かれたテレビドラマで、後の天井桟敷時代の戯曲とはいささか趣きを異にする文学的なロマンの香りをたたえた作品である。

とりわけ安保闘争のさなか、反戦思想が声高に叫ばれていた時期に、戦争で父親を失い、戦後の少年時代を母親との貧しい生活を余儀なくされた寺山修司が、あえて時流に背をむけ戦争さえも個の内部の情念の中でしかとらえようとしていない反時代的な姿勢が印象的でもある。

物語は、棺のような「タンスを持った二人の男」の登場で幕を開けるが、そのタンスの中に封じ込められた、裏切られた男の殺意を主題としたものである。

戦時下、「二人の男と、一人の女がうまく仲良くやってゆく……ということには、その中の誰か一人が嘘つきでなければいけない」という設定の恋愛関係の中で、その「嘘つき」の犯人追及のサスペンスが、戦後十七年ぶりに出会った男女の間で展開されるのである。三島由紀夫を思わせる見事な心理劇的レトリックが駆使され、寺山修司独特の「嘘と本当」の戯れが、ヒロインとともに見る者をも翻弄するというわけである。

とはいえ、もちろん犯人探しに眼目があるわけではない。浮かび上がってくるのは、時間と空間を仲間から隔絶された一人の男の悲哀と妄執である。「ぼくは今でも、あの頃の夢をみるんです」と語る主人公をとらえて離さないのは、絶海の孤島にただ一人、自分を置いてきぼりにしていった仲間たちの「血をふくような思い出」なのだ。

戦争で見失われてしまった無邪気な愛と友情、その十七年間の「不在」は、この男の妄執によって充たされていたのである。

かくれんぼの鬼とかれざるまま老いて誰をさがしにくる村祭

終生、寺山修司をとらえて離さなかった心の傷が、ここでは親子から友達へと置換されて、哀切な「かくれんぼ」の旋律を奏でているのである。

今回、劇化にあたっては、主人公を二人の男が演じている。これは、舞台における不在の「もう一人の男」を、あたかも亡霊のように登場させ、その交錯のなかで、男の怒りと悲しみ、愛と憎しみのアンビヴァレンツを具像化しようとする演出上の試みでもあった。

また、登場人物に往年の映画スターの名を冠せ、設定を撮影所跡の廃墟にすることによって、意匠をメロドラマの世界へと置換させている。これもまた映画と現実の反転のメカニズムを二重写しにするためのもうひとつの試みである。

なおいくつかのエピソードは、他の寺山作品からの断片であるが、実はここにも寺山修司がこよなく愛した、猥雑でバカバカしく、ニセモノぽくって、やさしさにみちた世界がある。古いすりきれたレコード、壁にとめられたまま色褪せてしまった女優のブロマイド、そして映画というイリュージョンの中に棲みついてしまったかのような人生——。

寺山修司が愛したもう一つの原風景、あたたかい子宮願望の世界が顔をのぞかせているのである。

◎インタビュー

「中世悪党傳」

世俗の権力を空洞化する民衆の想像力

聞き手＝新戸雅章

太平記の世界に材を取った〈遊行かぶき〉中世悪党傳第三部「誰がために鐘は鳴る」が二〇〇五年六月九日から両国シアターXで幕をあける。

中世悪党傳は故寺山修司のテレビドラマ脚本を演出家白石征氏が舞台化したもので、第一部「鎌倉炎上」、第二部「勇者は再び還らず」、そしてこの第三部と全三部七時間半に及ぶ大作である。一九九八年〜二〇〇〇年にかけて神奈川県藤沢市で上演されたのち、二〇〇三年からはシアターXで毎年上演されてきた。今回三度目の完結編を前に白石征氏に語っていただいた。

――原作は寺山修司ですが、寺山の太平記の世界というのが意外で、こんな作品があったのかと驚きました。いつ頃の作品なのですか。

白石　寺山さんが演劇に進出する前の六〇年代のものではないかと思います。

寺山さんの記したメモによれば、テレビ局の記念番組「怒濤日本史」（総指揮：福田恆存）があって、その第六回にあたる南北朝時代を受け持ったもののようです。たまたま「足利尊氏」と「楠木正成」の二本の作品が残されていたわけで、「足利尊氏」のほうは制作された形跡がなく、あるいは何らかの理由で、再度「楠木正成」のほうを書き下ろし制作されたのではないかと推測しています。

そこで、この二作品をコアとして演劇化したいと思い、スタートしたのですが、それがだんだんとふくらみ動きはじめて、七時間半三部作のものになってしまったというのが実情です。

——寺山修司の作品としては珍しく政治に対する鋭い言説もみられ、シリアスなドラマとなっていますね。これもやはり六〇年代の激動期の産物と考えていいのでしょうか。

白石　そうでしょうね。時代は中世にとっているものの寺山さんの真摯なメッセージが込められているように思います。六〇年代の雰囲気が色濃く残されていますね。

当時、石原慎太郎なども、「狼生きろ豚は死ね」など幕末や太平記の世界で政治を戯曲化していたし、寺山さんにとっても「乾いた湖」とか「血は立ったまゝ眠っている」につながるものだったのではないでしょうか。当時愛読していたサルトルの「汚れた手」などの影響もあるかもしれません。

——その、どんなところに触発されての脚色だったのでしょう。

白石　二本の作品に共通するのは、「政治」を死を孕まざるを得ない茶番としてとらえていることです。その意味では寺山さんは、終生、政治的革命をも一貫してシニックにみていました。そのシニシズムの中に、楠木正成とか、足利尊氏とかいった理想主義者を放り込んで、とことん敗れるまで戦わせていく。

政治の孕む死——最後の王高時の存在

——ところで、登場人物たちはいずれも二十七、八歳の青年ですね。若者たちが理想と打算の間で、合従連衡を繰り返し、ときには敵になり、また味方になって戦い、情熱を燃やした時代でもありますよね。

白石　北条家の執権政治という政治の二重支配が生み出す行き詰まりが、どうしようもないところまできていたのでしょうね。そこへ天皇親政という後醍醐帝の新しい動きが出てくる。当然、武士たちの思惑や野心がうごめくわけですね。

幕府方の内部をとってみても、頼朝当時からの源氏の嫡流である足利、新田がいるし、平家ではあったが頼朝を扶けて従った北条家の子孫の執権高時、そしてその間を巧みに泳ぎわたる婆沙羅大名の代表格佐々木道誉などがいた。まさに激動期を生きた青春群像でもあるわけです。

そんな中で、対蹠的な位置にいて、最後まで軸が変わらなかったのが、楠木正成と北条高時だったといっていいかもしれません。

——第一部の「鎌倉炎上」では、その楠木と高時が前面に押し出されていますね。とくに高時が炎の中で白拍子とともに最期を迎えるシーンでは大きなインパクトを受けましたし、今でも強く印象に残っています。

白石　楠木の千早城での攻防は寺山さんの台本がほぼ原型のまま生かされています。政治の孕む死というテーマが真摯に語られています。

大塔の宮の犠牲となる村上義光の姿には、第二部で展開する楠木のやがて辿るべき運命——朝廷から死地へと追いやられる湊川の戦い——がふまえられているように思います。寺山さんの大好きだった「たとえ敗けるとわかっていても、男には行かなければならない戦いがある」（「日曜日には鼠を殺せ」）といった言葉が主旋律のように聞こえてくるところですね。

また、それとパラレルなかたちで付け加えたのが、まったく対蹠的な病み疲れた北条得宗家の最後の王としての高時の存在で、彼の死もまた、まぎれもなく途方もない無意味さに彩られていると思うのです。高時に関しては田楽好きの犬公方として知られていますが、舞台では黙阿弥が明治に書いた活歴物としての「北條九代名家功」ぐらいです。烏天狗との立ち回りなどが出てきます。高時の見た烏天狗とは一体何であったのか。彼を脅やかし、まるでドン・キホーテの前の風車のように彼の前に立ちふさがるのですが、それにまた敢然と白刃で立ち向かうところに高時の芸能的な面白さがあります。

——最後まで高時に従う白拍子の存在が重要なファクターになっていましたね。たしか今回の「誰がために鐘が鳴る」では楠木の霊を体現したかたちで白拍子が描かれていますね。

白石　この時代はバサラや田楽法師、踊り念仏、白拍子などが登場する、いわば芸能が政治や宗教と混然とした時代だったといえるかもしれません。これがやがてはっきりと分化していく。白拍子はその芸能の純化した姿をあらわそうとしたものであり、一度滅び去った敗者（死者）が、不死としての芸能にすがたを変えてこの世に現出したものといえます。
――ところで〈地霊（まつり）の演劇〉を提唱している遊行舎の演劇には、死者の問題がいつも登場しますね。「小栗判官と照手姫」の餓鬼阿弥にも、現世と来世は地続きであり、死者は生者とは決して切り離された存在ではないというメッセージがこめられていたように思います。今回の「中世悪党傳」でも、さまざまな死者が登場しますが、このあたりはいかがでしょうか。

白石　ぼくはこの世は生者だけのものではなく、生者の中には自分のきたるべき死をも含めて、死者もともに生きていると思うのです。生と死の対立という図式で、生活からも意識からも、生者が死者を放棄してしまったのが戦後の六十年だった。

しかし考えてみれば、演劇とか芸能とかいうものは、死者の問題をその源流としているものです。つまり滅びた人たちの鎮魂というか、〈まつり〉という構造があって、そこに生者による演技、演劇というものが発生するような気がしています。

今回の作品でも、足利尊氏の末路を描いたものですが、彼の没落〈滅び〉は、その死者たちの宴（生者への視線）でもある芸能への通過儀礼であったともいえます。

覇者から滅びへ――尊氏の人間的な戦い

――本作の稽古を見て興味深かったのは、ヒーロー尊氏が、弟の直義殺しの末に転落していく場面でした。天下統一という理想の実現が、思いもよらぬかたちで足利一門の足元から崩壊していきますね。

白石　尊氏の末路に、中世動乱の悲劇を集約してみたかったのです。覇者から滅びへと人間的であろうとするために転がり落ちていく。敗者とは、そういう人間的な戦いをあきらめない者たちの喩えではないでしょうか。あれだけの犠牲と苦しみを強いられた時代が生み出したもの、これこそ滅びの文化ともいうべきものだったように思います。念仏踊りや田楽舞いから狂言、歌舞伎へと向かう芸能の原点だったのではないでしょうか。

――それと関わりますが、亡霊とか、怨霊といった死者が登場しますね。たとえば白拍子に乗り移った楠木正成とか、妙吉侍者という怪僧。彼らの存在が、足利を滅ぼすと同時に尊氏の魂を救い出すという構図が、いかにも〈遊行かぶき〉的で、とても魅力的でした。

それに高師直、佐々木道誉といった婆沙羅の存在もいきいきしています。

白石　前者は、トリックスターとしてとらえています。怨霊とはいえ、ある種の無邪気さを込めてみました。後者の婆沙羅については、一種の演劇的なダンディズムであり、稚気あふれるアナーキズムであり、反秩序ともいうべきラディカリズムであるのが、この時代の婆沙羅の姿ではないでしょうか。師直、道誉などはその代表選手であり、肌合いにおいて一脈通じていたのが尊氏だったわけです。

彼らの存在もやがて芸能に吸収され、かぶき者、歌舞伎へと発展していったのです。

強靭な行動力をもつ鉄面皮の師直も、武庫川で惨殺されます。またしたたかな道誉は、老獪にも生き残っていきます。対比的な二人の婆沙羅の間で、尊氏の死がうまく浮かび上がってくれればと願っています。

敗戦体験の芸能化――死者の憑依を構造化して

――尊氏の死について興味深いのは、栄光から弟殺しの人でなしに転落した時、かつての最大のライバル楠木正成が姿をあらわすところですね。白拍子へと転生した楠木に誘われるように、死の世界へと踏み入っていきますね。

白石 これは北条高時が、炎の中で白拍子との太刀舞に人生を集約していったのと同工異曲です。政治的位相の違いはあっても、死を介在させることによって、芸能のもつ力を表現してみたかったところです。

――その意味で、楠木正成が、剣ではなく、舞扇で尊氏を刺すという発想は、いかにも象徴的ですね。敗者の心を救済しようとする芸能の意味を、改めて考えさせてくれます。

白石 芸能とは、本来民衆の集団的想像力から生まれたものだと思うのです。つねに滅びた者の魂を抱え込むことによって、生きつづけてきたとも言えます。敗者の魂を救い出すとともに、世俗の権力をも空洞化し得るのが芸能の力というものではないでしょうか。

――しかし、その民衆の想像力を代弁するという芸能にとってもっとも大切な源泉が希薄になっているのが、今日の芸術の姿ではないでしょうか。この構造を見失ってしまうと、どうしても自己本位の作家主義ということになってしまう。

白石　これほど文明が高度化しているにもかかわらず、権力の支配構造、パワーゲームへの傾向は一向にしずまりそうもないですよね。たとえば、わが国の敗戦体験をとってみても、あれだけ悲惨と死をもたらしながら、滅んでいった人たちの思いを、ほんとうに芸能化し得てきたのかというと、とてもそうとは思えません。その危うさは芸能のレベルでいっても、たとえば平和憲法というもの一つをとっても、単に戦争の反省ということだけでなく、私たちのなかの肉化の文化というか芸能化としても息づいていないということになるのかもしれません。

その意味で、敗者（死者）の憑依をさらに深く構造化し、様式化していく必要があるような気がしています。

◎インタビュー

寺山さんの底にある悲しみの原風景

聞き手＝文藝別冊編集部

――白石さんは新書館で寺山さんの本を数多く編集されてきましたね。今回はまた『寺山修司著作集』（全五巻）を監修されています。そもそも寺山さんを知ったのはいつごろだったんでしょうか。

白石　ぼくは大学で一六ミリ映画をつくってたんです。その頃は松竹のヌーベルバーグが出てきた頃で、東京の大学では足立正生さんが「椀」を、関西では山野浩一さんが「デルタ」をつくって評判になっていました。ぼくは卒業して映画監督になりたかったんだけど、生憎助監督の採用がなく新宿でぶらぶらしていたところ、寺山さんが新書館から本を出すことになって、誰か担当する編集者がいないだろうかという話があり、たまたま腰かけのつもりで入ったんです。

――その時の映画はどんなものだったんですか。

白石　ぼくは時代劇をやりたいと思っていました。伊藤大輔とか山中貞雄、それにマキノ雅弘や衣笠貞之助など、子供の頃から夢中でしたから。それで、学生時代に二本つくったんですが、その頃教科書のように読んでいた花田清輝の『映画的思考』からの影響で、一本は「決闘巌流島」。これはなかなか剣の勝負が着かない武蔵と小次郎が、その離れ小島で出会った島の娘の愛を争う日常的な三角関係と、そこへ突如囚人船が漂流してきて巻き起こるナンセンスなドタバタ調のものでした。もう一本は、福島の廃鉱でロケをしたんですが、「人間狩り」といって炭鉱の地霊が都会の現代人を呼び出し復讐するというような主題でした。

寺山さんと初めて出会ったのは、昭和三十五年、ぼくがまだ映画をつくる前で、昼は大学の映画研究部、夜はシナリオ研究所に通っていた頃で、売り出し中の寺山修司が、ちょうどその時、講師としてやって来た。寺山さんの処女シナリオは、すでに映画誌でぼくは読んでいたし、寺山さんは自分がつくった最初の映画「キャットロジー（猫学）」の上映会を教えてくれて、ぼくは銀座のヤマハホールだったかへ観に行ったりしたんです。

この「十九歳のブルース」というシナリオは、寺山さんの好きだったネルソン・オルグレンの『朝はもう来ない』を原作としていて、日活や東宝でいろいろ話はあったようなんですが、結局映画化されることはなかったんです。後年寺山さんが『ボクサー』を撮ったとき、ぼくは昔の掲載誌を図書館でコピーしてきて本にしましょうと申し出たら、寺山さん、とっても懐かしそうな顔をして嬉しそうだった。そして例の、鉛筆で書いた小さな文字で、もの凄い書き込みをしてきたのを憶えています。もっとも本のあとがきには、「若書きに、あえて手を入れず、当時のまま発表することにした」なんて書いていましたが。

——短歌や演劇とかじゃなく、映画のジャンルで寺山さんと出会うというのは、わりと珍しいタイプの出会い方のように思います。

白石 あの頃は、みんな映画に憧れていた。映画で育った世代というか……。寺山さんも映画監督になりたかったんですよ。だから二人で話していると、いつも映画の話になった。タクシーの中でも、電車を待っているホームでも、次の予定の時間がきて別れる直前まで話していた。

無論寺山さんには、いろんなジャンルのいろんな抽出しがあるんだけども、ぼくが映画好きだったものだから、寺山さんもぼくと会うときは映画青年になっていたんだと思いますね。

――新書館に入ってからはどんな本を？

白石 最初は〈フォア・レディース〉という若い女性むきの抒情的な詩やエッセイの本でしたが、徐々に並行して『みんなを怒らせろ』とか『映写技師を射て』といった評論集や塚本邦雄さんとの対談を企画して『火と水の対話』なんてのもやりました。その折に塚本さんの提案で、お互いいろはがるたを作り合って巻末に載せたりもしました。「死人のおしゃべり」とか、「便りがないのは死便り」なんてのがあった。ほかにも戯曲集やシナリオ、それにワーグナーのオペラ『ニーベルンゲンの指環』や『マザー・グース』のアーサー・ラッカムの絵入りの翻訳物などもあったし、晩年の頃には、〈ペーパームーン〉という雑誌では一緒になって協力してもらった。

――その頃の寺山さんの本は売れましたか。

白石 女の子のものが売れたんです。装幀、装画の宇野亜喜良さんとのコンビで、『ひとりぼっちのあなたに』とか『さよならの城』『時には母のない子のように』など、ほとんど宣伝もなく十年間以上売れつづけました。これともうひとつ、人気があったのが、〈競馬ノンフィクション〉

シリーズ。これは寺山さんの企画だった。スポーツ新聞や競馬雑誌に載った自身のエッセイやコラムをきちんと整理したスクラップブックを持ってきてくれた。しかもちゃんと章ごとに構成されていて、一冊分たまると喫茶店で手渡してくれるんです。しかも『馬敗れて草原あり』だとか、『山河ありき』『旅路の果て』なんて映画のようなタイトルが付いている。一寸照れくさそうにぼくの顔をうかがったりしていました。

——彼自身、編集的なセンスがあったんですね。

白石　そりゃもう、大変なものだった。寺山さんの本をたくさんつくったおかげで、ずいぶんぼくは本のつくり方を学びました。タイトルから構成、それにブックイメージをとても大切にしていましたね。原稿にはレイアウト的なこまかい指示が書き込まれていたし、表紙だとか装幀を誰に依頼するかは、いつも打ち合わせをして決めることにしていました。

それから、寺山さんの仕事とは別に、ぼくが勢い込んでいた企画だとか、今ひとつ確信が持てずに迷っていた企画などを持ち出すと、かならず即座に核心を衝いた反応を返してくれた。虚心坦懐というのか、普段自分が抱いている問題意識そのままの態度で、いろいろ問題点を挙げて助言してくれた。それが実に面白く、別れた後はいつも爽快な気分になって仕事に勇気が出たものです。会社の編集会議では味わえないクリエイティブな面白さでしたが、また一面では売れ行きの心配までしてくれたこともあった。

——ところで天井桟敷の演劇は、最初からご覧になっておられましたか。

白石　立ち上げの頃は、よく付き合っていました。東由多加がまだ早稲田の劇団にいて、そこに寺山さんが打ち合わせに行くというので一緒に部室まで付き合ったりしてました。旗揚げの「青森県のせむし男」ではチケットをノルマのように捌いたり、ゲネを覗いたりしていたんですが、寺山さんも芝居ばかりではないのでますます忙しくなり、ぼくのほうも目まぐるしい日が続くようになってきて、いつも観るという訳にはいかなくなった。

でも寺山さんの本は、年に二、三冊は出していましたから、その時にはお互いかならず顔を合わさなきゃいけない訳で、そんなふうなやりとりを、十八年間ずっと続けていたんです。

——亡くなられた時は、早すぎたという感じはありましたか。

白石　希望的観測では、映画や芝居をやめれば六十歳までは生きられるという話は本人も言っていたし、会うときはいつも元気そうにふるまっていたから、やはり衝撃は大きかった。芝居をやめた後は、ハワイかどこかでゆっくり静養しながら童話を書こうかとか、いろいろああしよう、こうしようと相談もしていました。今から考えると、とてもそんなこと、お互い信じてはいなくて、ただ夢を愉しんでいたのかもしれないとも思うけど、でもその時は、たしかに大真面目に話し合っていたんです。

なにしろああいう人だったから、身体が動けなくなっても、やりたい仕事は山ほどあった。ぼくのところの企画だけでも、『ニーベルンゲンの指環』の第二部にとりかかったところだったたし、いつか翻訳して本にしようと、寺山さんの長年の希望でずっとぼくが預かっていたオルグレンの原書、これはオルグレンから寺山さんが貰ったサイン入りのボクシング小説だったんですが、この下訳もすでにあがっていて、いつでもとりかかれるようになっていた。

——白石さんはその後、九〇年まで新書館におられましたが……。

白石　たしかに一つの熱い時代が終わったような虚脱感はありました。丁度その一年前に自分の父親を亡くした経験もあって、そんなとき自分の立場で、何をすればいいかだけはわりあい冷静に考えていました。もう新しい創作は望めない訳だし、編集者の自分ができることといえば、寺山さんの作品をできるだけ不本意のないかたちで、これからの読者のために整えておくということだったんです。単行本未収録の原稿を収集して単行本にしたり、また単行本になっていても、編集の不備でひどいかたちになっていたものもあった。たとえば『新釈稲妻草紙』などは、山東京伝の原作とつき合わせて、再整理を施して再刊行したんです。寺山さんも編集者任せで校正も推敲もなされた形跡はなく、折角寺山修司が改変した幾人もの作中人物名が、原作のもとの名称と混じり合って出てくるという始末で、読者は混乱するというよりも呆気にとられて放り出してしまいたくなるような代物だった。

ただこの時期、苦労はしたけれどやって良かっと思ったのは、『寺山修司俳句全集』でした。この企画のために、おびただしい少年時代の俳句を収集することができたんです。俳句作品のみならず、さまざまな句会記録や投稿紙誌、ガリ版刷りのクラス新聞などによって、その発表時期が判明したことで、それまでほとんど未知の部分、謎の部分だった寺山修司の中学、高校時代の俳句づくりの様子があきらかになったんです。

それとこの時期、三軒茶屋に住んでいた寺山さんのお母さまのところに通って、追憶の記『母の螢』を書くお手伝いをしたことなどが思い出に残ってます。

――その後、白石さん自身が演劇の世界に入られますね。これもやはり寺山さんの影響ですか？

白石　五十歳で退社しました。やはり媒体よりも、もっと直接的な創作の現場に身を置いていたいという気持ちが、だんだんと強くなってきたんですね。といってもその歳で素人ですから使ってくれるところなど何処にもない。弟子入りして修業するにも、もう時間がない。自主映画はあまりにもお金がかかりすぎる。ただ芝居だったら、寺山さんの仕事をみていましたから、手作りでもそれなりになんとかできなくはないと思ったんです。

最初は、念願の時代劇で、少年時代に観た「雪之丞変化」の記憶を自分なりに組み立て直して公演したんです。当時小劇場で人気のあった花組芝居の加納幸和君や篠井英介君に出てもらい、今はもうなくなった新宿のシアタートップスという小さな小屋でやりました。まず何をやろうかと考えていたとき、たまたまリンゼイ・ケンプのダンスを見たんです。「フラワーズ」というジュネの原作で醜女の花嫁が床入りする話で、小さな舞台でしたが、動きも照明も美しくて、グロテスクで、それでいてとても可憐に見えたんです。しかもシークェンスの展開が実に映画的だった、ああ、こんなスタイルだったら、女形の妖しい仇討ちをマイナーな舞台でも描くことができるかもしれないと思って、脚本を一気に書いたんです。

その後もう一作『落花の舞』というやはり戦前の時代小説で男装の麗人の復讐譚を再構築して公演したところで、住まいを東京から離れて藤沢に移したんです。実はこの藤沢での演劇体験は、ぼくにとってまさしく一からの出直しとなったんです。まずドラマツルギーの勉強として、テキストに寺山さんの作品を選びました。それも寺山さんが演出した完成した戯曲ではなく、ラジオやテレビのドラマを使用して、そこから演劇化していくプロセスを体験していくことで、自分なりの演劇のあり方を模索していったんです。それをほとんどアマチュアの街の人たちと一緒になって〈寺山修司・オン・シアター〉と銘打って、「瓜の涙」「十三の砂山」「鰐」など五、六本続けたんです。寺山さんのラジオドラマは、短歌や詩のきらめく韻文が物語へと生まれ替わる時期のもので、とても興味深い秀れたものなんですね。

〈遊行かぶき〉へ

——白石さんにとって、藤沢での新しい創作は、改めて寺山さんと出会い直すということでもあったんですね。

白石　いわば、寺山さんの胸を借りながら、演劇というものを一から勉強し直したんです。何度も座礁に乗り上げながらも、ぼくにしてみれば、作品の背後にあって寺山さんが遂に言葉にして言うことのなかった黙示録のようなもの、あるいはいつも寺山さんの作品の底に流れている悲しみの原風景のようなもの、それをたずねる試みでもあったんです。ですからドラマツルギーを学びながらも、演劇によって、もう一つの寺山修司論を思い描くという、ぼくとしてはいささか心おどる作業でもあったんです。

実は、さらにもう一つ、藤沢に住んで大きな展開がありました。それは中世説経節との出会いから始まったんです。ある日、市内にある時宗の総本山である遊行寺を散策していて、小栗判官と照手姫のお墓をそこで見つけたんです。そしてこの物語をはじめ、説経節のさまざまな物語を各地にもち歩いていたのが、時宗に連なる旅の芸能民であり、その時宗の祖師が、捨て聖、踊り念仏で名高い一遍上人だった。

偶然にもこの一遍上人が、ぼくの故郷の瀬戸内海の出身で、ぼくが子供の頃、チャンバラごっこや海水浴をして遊んでいた海辺が、一遍上人が家を捨てて遊行の旅に出発したところであったことも、後に絵巻によって知ることになりました。それと同時に、家出、旅、無所有、反書物的思考、市街での踊り念仏など、一遍上人の足跡が、奇しくも寺山修司の人生とあまりにも多くの共通点を持っていることにも驚かされたんです。

「小栗判官と照手姫」の演劇化に着手していくうちに、ぼくにはようやくこれからの演劇の方向が見えてきたような気がしてきたんです。それが一九九六年に立ち上げた〈遊行かぶき〉で、それから毎年、今年で十四回目を迎えるんですが、遊行寺本堂や境内をお借りして、中世説経節を演劇化した地域発信の〈遊行かぶき〉というコンセプトで公演を続けています。

――今年（二〇〇九年）九月に行われる「しんとく丸」も、まさにその軌道のなかにある訳ですね。

白石　寺山さんの『身毒丸』について言えば、発想、展開が独創的で、初日の舞台を観て、すぐにその場で台本を貰って、出版を約束したほどインパクトの強い鮮烈な舞台でした。天井桟敷の初期の頃にめざしていた見世物劇が、壮大なオペレッタ的仕掛けのなかで、説経節特有の凄まじい下降のエネルギーを迸らせていました。あの有名な、倒錯的で表現主義的な傑作「母恋春歌調」と通底する美学が際立って実にいきいきと展開していたんです。

寺山さんは大変な勉強家だったし、つねに世界の最先端の表現に関心を向けていたこともあって、前衛的な発想や手法を駆使していたので、われわれもついそういう面だけを見がちだったんです。たしかにそういった面が強調されてはいたけれど、決してそれだけではなかったということは、この『身毒丸』をみても、よくわかると思うんです。寺山さんが亡くなって二十五年が過ぎた訳だけど、そうした時間の経過のなかで、実は寺山修司の表現の底に流れていた中世以来のわが国の遊行芸能的水脈のようなものが、わりとはっきり見えるようになってきたと思うんです。

たしか吉本隆明が、寺山さんについての講演で述べていたことですが、寺山修司の表現につきまとっていた「偽感情」というものも、それは現代詩や純文学の視点からの批判の対象でもあった訳ですが、実はそのことは逆に寺山さんの感情の坩堝が一個人をこえて遠く中世の説経節や盲僧琵琶の物語にまで遡ることのできる芸能的な情念の水脈のなかにあったことを示す証左のように思えます。

寺山さんは、「書を捨てよ、町へ出よう」と言って、学者や詩人の秩序化された書物的思考を徹底的に批判した。オタク文化も然りです。目と頭で考えるんじゃなくて、暗闇で、身体に触れ、身体の深いところで考える固有の身体的思考を主張しました。その意味で、早くから純文学には異を唱えていたし、現代詩というものも、『戦後詩』で果敢に粉砕していた。だから、泥絵具だとか何とか言われながら「現代詩手帖」に『地獄篇』を三年間も連載したんです。『田園に死す』の短歌一つにも、個を超えて、長く深い原型的な情念の水脈が窺われます。家族制度をはじめ、さまざまな文明批判を鋭く提起してきた寺山修司でしたが、今、彼の孤独の源でもある悲しみの原風景を辿ろうとするならば、やはり彼がその内に見、あるいは分身として、その怒りも、悲しみも、共有し通わせあっていた石童丸やしんとく丸といった中世説経節の情念、近代以前の漂泊の芸能者が持ち続けてきた感情の水脈に目を向ける必要があるのではないかと思います。

寺山の「地獄めぐり」

――とするとその説経節の構造と寺山修司の作品とのかかわりという点についてはどうなんでしょう。

白石　たとえば説経節の「しんとく丸」の物語でいえば、長者の嫡男しんとく丸は母親に死に別れ、継母に呪われて違例の盲者となって棄てられます。そして孤独の漂泊の涯てに、巡礼となった許婚の姫君に探し出されて、自らの氏神である清水観世音の慈悲によって再び両眼がひらくというものです。つまり典型的な貴種流離譚で、これは「小栗判官」や「さんせう太夫」でも同じです。つまり説経節特有の別離と再会という幸福論が語られる。しかもそれが、単なる生きわかれだけではなく、生と死を往還する再会をも描かれているところに説経節が持っているもっとも大きな特徴がある訳です。いわゆる死と再生という神話的構造ですよね。

しんとく丸は、絶望の果てに生への望みを絶って、御堂の階下の暗闇の中に籠ることになるのですが、その暗闇（死）に再び光（生）をもたらすのが巡礼となった許婚者の乙姫であり、その彼女の存在には現世で見失われてしまった母親の姿が二重写しになっています。あの感動的な佐渡での寿子王と盲目の老母との邂逅も同じものなんですよね。

「亡き母の真赤な櫛で梳《す》きやれば山鳩の羽毛抜けやまぬなり」

あのシュールで呪術的な歌集『田園に死す』にしても、説経節の土壌と、ほとんど地続きであることがよくわかります。つまり水平的な別離が、暗黒のなかで垂直的な死と再生のドラマへと位相を変換し、最終的に地母神の出現をみるというのが、説経節の物語であり、ぼくには寺山さんのフィルムによる遺作『さらば箱舟』のエピローグこそ、この説経節的浄土のイメージ、この世の見果てぬ夢、世界の涯ての一族再会のイメージではなかったかと思われてならないんです。記念写真のシャッター音とともに、百年前の人々が浮かび上がるラストの見事な手法でもって、寺山さんは、その種あかしをしているのではないでしょうか。

ふり返れば、寺山修司と説経節との親近性は作品の至るところに顔を覗かせています。「ほろほろと鳴く山鳥の声きけば父かとぞ思ふ母かとぞ思ふ」自らの少年時代をふり返るとき、かならず伴奏曲のようにエッセイに登場するのが、この石童丸の和歌であり、『新釈稲妻草紙』に書き加えたエピローグは、『信田妻』の孤の母親のエピソードでした。それには「まなざしのおちゆく彼方ひらひらと蝶になりゆく母のまぼろし」という自作の歌も添えられている。

そして浪曲の「新宿お七」や、文学的口説きと言ってもいい「母恋春歌調」、これには母物映画の主題歌が引用されています。さらに「旅役者の記録」やラジオドラマの傑作「狼少年」「九州鈴慕」「山姥」「犬神の女」などを挙げてゆくと、いずれも旅芸人や琵琶法師、また姥捨伝説や犬神伝説などがとり上げられていて、定住社会の秩序からはみ出し、侮蔑され迫害されながらも自らの背負う欠損を必死に回収しようとする遊行芸人の情念との類縁性が感じられます。

とりわけ興味深いのが「恐山」であり、「まんだら」「黙示録」です。なぜならここでは、寺山修司の大きなターニング・ポイントともなった、彼にとっての「地獄」の発見という体験が語られているからなんです。寺山修司は小学生で戦災に遭い母親と一緒に猛火をくぐった後、大学生の時には、生命が危ぶまれるほどの腎臓病を患っている。幸い奇蹟的な回復を果たした後、彼の自註年譜によれば「帰郷して、恐山にのぼり、巫女の口寄せに興味を持つ」と綴られています。

巫女を通して死者である父親とも交流できる恐山は、彼にとって現実の生と死を超えることのできる秘儀の異空間としての「地獄」を幻視させることになった。御詠歌が子守歌のように流れて、自らの擬死を通して、霊媒の鴉や巫女、転生、憑依、さまざまな過去の霊的情念が集められ、めざめてゆく。

説経節的文脈でいえば死と再生の場が、この寺山修司における地獄めぐりという訳なんです。寺山修司の発見した「地獄」は、自らの死を通してあらゆる現実原則が解体され、死者との再会も可能となる、彼にとって見果てぬ夢ともいえる懐かしく親しい秘儀の空間だったんです。

長篇詩『地獄篇』では、死んで地獄を見たという少年（ぼく）に対して恐山から来た犬神は、「お前は生きたままで地獄を見るだろうさ。お前は犬神の末裔だからね」と言う。「でも、もしも地獄が見えなかったら？」「そうしたら、地獄を自分で作るのだ！」と、いかにも寺山修司らしく語っている。

そして、その寺山修司の作り出す「地獄」では、いつも立ち現れるのは、見世物小屋の怪優、奇優、侏儒、巨人、美少女といった面々、まるで天井棧敷の旗上げに呼び込みとして謳われた異形の人々なんです。故郷から剝離された少年とこの世のものとも思えぬいかがわしい芸人たちの世界との交流、その親近性が実に特徴的です。そしてこの、「地獄」という生と死の形而上学、バロック的な宇宙には、母と子の再会、時間を遡行するところ遠く、はるかなる地母子神的な家族の肖像が、その背後に幻視されていたように思います。彼が「青森県のせむし男」とか「毛皮のマリー」で展開した天井棧敷の舞台とは、まさしくその「地獄めぐり」以外の何物でもなかったと言ってもいいのではないでしょうか。

ひばり、長谷川伸について

――寺山演劇における「地獄めぐり」は、その後続けられたのでしょうか。

白石 寺山さんが提起した家族の幸福論は、いわばギリシア劇にも通じる根源的な問題で、『身毒丸』とか『邪宗門』などには顕著ですが、どちらかと言えば七〇年代に入ってからは、海外公演が多くなり、世界にむけての前衛的な、演劇の形式そのものへの懐疑などを孕んだ市街劇が主流となっていきました。それに映画をつくるようにもなりましたね。

でも最後のインタビューでも言ってますよね。「そば好きが、死に際に、たれをたっぷりつけて食べたかった」という話を。自分の中にあふれていた思いを、せめて一本、時代や批評を気にしないで歌舞伎という定型で脚本を書き、演出してみたかったと。実際遺された映画の企画書にも「寺子屋」というのがありましたが。

――そんな寺山さんが内部に抱えこんでいた芸能民的情念は、昔から継承されてきた古典芸能の世界ではどのように維持されていたんでしょう。

白石　国立劇場や歌舞伎座など、いわばエスタブリッシュメントと化した古典芸能を別にすれば、ほとんど衰退していきました。とくに放浪芸だった説経節、琵琶語り、瞽女《ごぜ》唄などは、もう最後の数人となっていて、今ではついにほとんどいなくなってしまいました。浪曲も戦後、ラジオなどでもやっていましたし、映画でもマキノ雅弘の『次郎長三国志』などで広澤虎造が活躍しましたが、それも一九五三年頃までですから、寺山さんが『われに五月を』でデビューする数年前ということになります。

　では寺山修司だけが孤立していたかというと、必ずしもそうとも言えなくて、たとえばその頃、旅の孤児の母恋い、父恋いを唄っていた美空ひばりだとか、説経節の『信田妻』を原型とした三益愛子の母物映画などには、その水脈が流れていたように思います。

　美空ひばりについて言えば、寺山さんとは同い年でしたが、寺山さんのエッセイに度々登場する「悲しき口笛」や「私は街の子」「越後獅子の唄」「あの日の船は帰らない」などの初期のヒット曲は、すでに寺山さんの小学生の頃から唄われ始めていたのであり、彼の当時の境遇とぴったり重なる情感をもっていて他人事とは思えぬほどの共感を抱いていたはずです。寺山さんにとってのひばりの唄には、かならず母親との別離が二重写しに刻印されていたらしく、ぼくは直接聞いたことはなかったけれど、一晩中寺山さんはひばりの唄を唄っていたことがあって、それもメドレーで次から次へと歌詞が淀みなく出てきたということを、寺山さん周辺のスタッフの人から聞いたこともあるほどです。

「生まれて父の名も知らず／恋しい母の名も知らず」（角兵衛獅子の唄）とか「山がみえますふるさとの／わたしゃ孤児《みなしご》街道ぐらし」（越後獅子の唄）といった日本人の漂泊の心は、愛の庇護から剝離された孤児の悲しみが切々と唄われていて、同じ境遇の物語を生きる寺山修司の情念とひびき合っている。最近出た齋藤愼爾の好著『ひばり伝　蒼穹流謫』には、ひばりが持っていた豊かな芸能的水脈が見事にとらえられていて、「佐渡情話」や「鼻唄マドロス」にみられる浪曲との類縁性も、彼女の父親ゆずり、あるいは両親の浪曲好きの血が流れていることが知られます。

寺山修司の人生の伴奏曲が、石童丸からひばりへと受け継がれていったのも、けだし宜《むべ》なるかなと言えるでしょう。

さてそこで、もう一人忘れてならないのが、長谷川伸です。わが国の近代化の陰で説経節的放浪芸人が語りもし、自らも内包していた情念の水脈を、捨てることなく持ち続け、大衆演劇の人たちには守り神とまで言われました。非農耕民である漂泊の人々は、芸能民のなかから一方で遊俠の徒を生み出してゆく。定住民的体制から疎外され、迫害された怨念のパトスにはつねに体制秩序に対する反権力的な怒りが内包されています。それが芸能を通さず、直接行動に表れる場合です。しかし無宿渡世の戒めも、やがて群れとなり一家が出来てくると、縄張り、地盤による定住化が生まれます。いくら裏街道だ、アウトロウだと名のっても、体制的秩序に限りなく類似してゆく。

だがそれにもかかわらず、それに逆らって一宿一飯の義理という掟に生き、親分も乾分も持たない旅鴉を主人公とした長谷川伸の股旅物には、いわゆる中世説経節的漂泊民の深い哀歓が受け継がれています。

――長谷川伸は、再評価の動きが始まっているようです。

白石　草莽の志士が賊として処刑されたニセ官軍事件を克明に辿った『相楽総三とその同志』とか『日本敵討ち異相』など、歴史の正史に埋れた人々の足跡を掘り起こしたノンフィクションは、日本人の死生観を民衆の生きたかたちで究明するためにも、まだまだ十分な照明があてられているとは思えません。とくに敗者の思想を検証するにも、貴重な作品ですから。

でもここでは、映画や演劇で戦前に大ヒットした『瞼の母』とか『一本刀土俵入』といった股旅時代劇をとりあげてみると、いずれも漂泊する無宿渡世の主人公は、幼い時に生き別れたり、死に別れたりした母親の姿を追い求めています。人生でもっとも大切なもの、目先の欲望や快楽では手に入らない、いわば自分が自分であることのアイデンティティの欠落を埋めるものとして、その存在の面影を求めているんです。

長谷川伸自身、長い間母親と生き別れていた境遇を持っていたんですが、それが単に個人的な主題にとどまらず、やはり説経節的な漂泊民の感情の水脈と通底しているところに、その感動の源泉があるわけです。生まれ故郷のふるさとから遠くはぐれて、見失った母親をさがしてさすらう番場の忠太郎や駒形茂兵衛は、それがそのまま説経節の石童丸や寿子王の分身でもある訳なんです（渡世人はその名前に大抵生まれ故郷の呼び名が付いている）。長谷川伸が芝居の脚本を書いたことは、ここで寺山修司を思い起こすと、やっぱりどこかに、たとえば彼らが少年時代の体験において摂取したであろう芸能的水脈の存在が見えてくるような気もしてくるんです。「祖国か友情か、どっちかを裏切らなければいけないとしたら」ためらわずに「祖国を裏切る」とフォスターを引用して言いきる寺山修司の国家ぎらい、組織ぎらい、社会の進化とか救済の目のとどかない人々への愛情、そして一匹狼のやくざ好きは、こうした水脈とは決して無縁ではないはずです。『一本力士俵入』の名場面、利根川べりの茶屋旅籠の二階から、尾羽打ち枯らした見ず知らずの取り的に酌婦が、ありったけの巾着と、櫛、かんざしを扱帯《しごき》に結んでたらして与える、この心に沁みる見事な情景を思い起こすたびに、ぼくはいつも、さまよう無垢な嬰児をやさしく救いあげ母乳を授けているはるかなる中世以前にさかのぼる地母子神神話の出現を思わずにはいられないんです。

水脈の記憶

――寺山のイメージともダブりますね。

白石　寺山さんの永訣の詩が、「懐かしのわが家」と題されているのも、なかなか意味深長ですものね。結局、寺山さんが持っていた芸能的な側面をいろいろみてきた訳ですけど、問題は、こうした水脈を自らの情念といかに深く通わせているかどうかということなんです。もしそうでないのなら、いくらその時代に歓迎されたかにみえても、やがて時代ともに消えていってしまう。

いくら古典芸能だなどといって、格好だけは習得し継承したとしても、「仏作って魂入れず」で、御用学者やスノッブを有難がらせることにしかなりません。

なぜなら人々の心の深層に、その水脈の記憶が残っている限り、それを思い出させ、一緒になって、そのはるかなる源へと誘っていくところに芸能の力があるからです。

寺山修司にしても、美空ひばりにしても、古典芸能者ではありませんが、その水脈をわが身体の内にゆたかに通わせていたことは確かだと思うんです。勿論、生存中も支持者は少なくなかったし、評価もされたんですが、むしろ亡くなってから、その存在の大きさ、本質的な作品の評価といったものに焦点が絞られてきたように思います。

今度、山口昌男先生と『寺山修司著作集』を編集して痛感したんですが、同時代を生きたぼくにとっても、まだまだこれから読み直し、考え直さなければならないと思われる作品や論文がたくさんあるということなんです。これは、美空ひばりや長谷川伸についても言えることで、実際、本格的な出会い直しがすでに起こり始めているんだと思います。

ところでさっきの「懐かしのわが家」ですが、そこで寺山さんは、こういった意味の言葉を遺しています。「完全な死体となる」とき、ぼくは「外に向って育ちすぎた桜の木が／内部から成長をはじめるときが来たことを」思いあたるだろう、と。今これを読むと、ある意味でぼくは、寺山さんの自分の作品における死後の期待というか、自信というか、むしろ自分の現世をこえて、自分の作品が生きつづけることを狙っていたんだという、自恃のようなものが感じられて仕方がないんです。

V

遊びをせんとや生まれけむ

「不幸」を生きた寺山修司

「私は、一生かくれんぼの鬼である、という幻想から、何歳になったらまぬがれることが出来るのであろうか？」（『誰か故郷を想はざる』）

寺山修司の人生の「不幸」は、中世説経節などで名高い石童丸の「不幸」だった。とりわけ寺山修司の少年時代の境遇を思うと、まさしく石童丸さながらの父なき母子の悲哀が浮かび上がってくる。

寺山修司は、少年の頃をふり返った青年期の文章で、自らを石童丸になぞらえるかのように、琵琶語りの一節、「ほろほろと鳴く山鳥の声きけば父かとぞ思ふ母かとぞ思ふ」をたびたび引用している。

石童丸は、生れた時にはすでに父親は出家していて、家にはいなかった。父親は九州六ヵ国の領主だったが、何不自由のない現世の「幸福」に無常を感じて、文字通り、地位も家族もふり捨てて遁世していたのである。

十五歳になった石童丸は、まだ見ぬ父親への思い黙し難く、風聞をたよりに母親と二人で筑紫からはるばる京へと旅立ってゆく。

寺山修司が出征する父親を青森駅で見送ったのは、五歳時のことである。そして父親の遺骨が戻ってきたのは、戦争の余燼消えやらぬ終戦まもなくのことだった。棺に入っていたのは、一本の指をとどめた灰だったとも、石ころと葉っぱだったとも言われている。母親のはつさんによると、召集前にあわてて写真屋で撮った家族写真が一枚一緒に入っていたという。

「書物を人生の友人と考えるならば」と、寺山修司は書いている。「私の最初の友人は〈石童丸〉であった。（略）醤油の染みのにじんだ和綴りの〈石童丸〉の中の和歌を、私はどれほど愛誦したことだろう」（「抜けぬ言葉への執着」）

「石童丸」の物語のハイライトの一つが、高野山を尋ねて父親の道心と初めて出会う場面である。高野山は女人禁制であり、病んだ母親を麓の宿に残こして単身山へ登って探すのだが容易に見つからない。しかし行き逢った聖から、父親が病で死んだことを聞かされ、その卒塔婆に案内されるのである（実はこの聖こそ、父親当人であり、父子の恩愛の未練を現世から絶ち切るために父は息子を偽るのである）。

「さてこの塚の地の下に、父苅萱のござあるか。七月半で、捨てられしみどり児が、生れ成人つかまつり、これまで尋ねて参りたり。石童丸かとて、この塚の下よりも、言葉を交はいてたまはれ。」と、石童丸は泣きくずれるのである。

寺山修司には、石童丸と共有したかのような孤児の境遇を詠んだ俳句が、中・高校時代に数多く作られている。素直に境遇を述懐したものもないわけではないが、その父恋い、母恋いは一様ではなく、嘆きもあれば憤りもあり、絶望もあれば祈りもある。設定においても感情の振幅、転変に応じてさまざまな虚構が施されている。しかもその感情の坩堝は深く、あたかも先の石童丸の情念と通底しあっているかの如くである。

親子の幸福を剝奪されてしまった孤児の無念さ、遣り場のない寂しさが、彼の想像力をかきたて孤独な家族幻想を表出させているのである。

枯野ゆく棺のひとふと目覚めずや

後年、「ひと」を「われ」と読み換えて、着想の特異さでも評価の高いこの句にしても、当初の「ひと」は、やはり彼の父親その人のことだったのではないだろうか。

父と呼びたき番人が棲む林檎園
父の馬鹿泣きながら手袋かじる
鱈船は出しまゝ母は暗く病む

やがて寺山修司は、子供の遊びを比喩化した「かくれんぼ」のモチーフを獲得することによって、幻の父さがしの想念をさらに深めてゆく。

かくれんぼの鬼とかれざるまま老いて誰をさがしにくる村祭

この代表的な短歌を筆頭に、俳句「かくれんぼ三つかぞえて冬となる」、さらには「人の一生かくれんぼ」（歌詞）、「かくれんぼ」（自叙伝）、「家へ帰るのがこわい」（物語）、「かくれんぼの塔」（童話）など、ジャンルをこえて、数多くの見事な変奏作品が奏でられているのである。

かくれんぼという遊びは、〈迷い子〉〈一人ぼっちの彷徨〉〈社会から追放された流刑〉の経験に通底するといわれる。

「〈かくれる〉は、社会からはずれて密封されたところに〈籠る〉経験の小さな軽い形態なのであって、〈幽閉〉とも〈眠り〉とも、そして社会的形姿における〈死〉とも比喩的につながるものであった」（藤田省三）

父親の不在を痛いほど覚醒していた寺山修司である。だからこそ「かくれんぼは悲しい遊びである」（「家へ帰るのがこわい」）と書いたのも、父親がこの世から姿を隠してしまった以上、寺山修司の父親さがしは所詮終着点のない空しい心の中の彷徨だったからである。

しかしまた、この孤独で空しい行為を嘆く一方で、「鬼にだって鬼のたのしみがある。ぼくは、こんなさびしい遊びが好きなのだ」（「犬神」）とも言っている。これは、彼にとって孤独と不即不離の同伴者であったといってもいい想像力へ寄せる彼の信頼が言わせたものだが、どちらも真実にちがいない。

老いてまで幻の父親さがしに熱中するかくれんぼの鬼の人生とは、寺山修司にとって一体何だったのだろうか。

かくれんぼをドラマとして仕組んだ初期の作品が、そんな疑問に答えてくれる。ドラマには動機があり、結果がなければならないからだ。戯曲「白夜」と放送ドラマ「犬神の女」〈後に戯曲「吸血鬼の研究」「犬神」と題名を変えて改作されている〉では、無論いずれも〈かくれんぼ〉の期待は成就しない。手が届きそうでいて、そうはならないのである。

「白夜」においては幸福な家庭を手に入れたはずの青年の突然の蒸発が、また「犬神の女」においては結婚式当日朝の青年の殺人が、その成就を阻むのである。そしてその行為へと駆り立てるのは、皮肉にも、当人らが片時も忘れず渇望していた家庭の幸福を目の前にしての怖れ、おののきなのである。

「すべてのものが在るべきところに在る」という感覚、「愛にあまりにも充ちたりて、幸福感が喉から突きあげるような」生活に身を浸しているうち、ふいに家を出てしまう「白夜」の夫は、愛する妻と離れた所でしか幸福な二人の生活をかみしめることができない。

ここには、精神的な孤児として生きざるを得なかった、そして今はかくれんぼの鬼として生きようと決意する寺山修司の幸福に対するスタンスが色濃く投影されている。愛する者の不在によって、密かに人生が充たされていた自分にとって、人並みの幸福はあまりにあからさまであり、それを手にすることは自分のアイデンティティの崩壊を予感させずにおかないのである。

「犬神の女」では、その「幸福」に対する寺山修司のスタンスはさらに鮮明化する。

「長い長いかくれんぼが、もう終りに近づいた……と思うだけでも、心がおどった」はずの青年が、結婚式の直前、突然の旋風のように、花嫁を惨殺して呪われた家系を暗示する分身の犬とともにその姿を隠すのである。

この惨劇は、事件後のナレーションによって語られているが、直接リアルタイムで描いたものに長篇競馬バラード『勇者の故郷』がある。主人公の少年が、やはり婚約を交わしたガールフレンドを安ホテルでの逢びきのさなかにナイフで唐突に刺すのである。

「少年の左手のジャックナイフが振り上げられ、／自分の幸福に向かって振り下ろされる。／（中略）遠くで後楽園のカーニバルの音楽と、／子供たちのさざめきが、／そして日曜日と、幸福という名の休息が、／かすかに聞こえて、やがて消えてゆく。／少年はどっと号泣する。」

忌まわしい過去の記憶を絶って易々と日常の「幸福」に身を委ねてしまうことの底知れぬ怖ろしさ。それは「不幸」を生きねばならなかった己れの内なる孤独に背をむけることではないのか。その煩悶、たじろぎが一挙に破壊への衝動へと転化するのだ。

一見奇異とも唐突とも感じられるこの拒絶は、しかしながら決して読者の意表を突くといっただけのものではない。否、この行為の底にうずくまっている現世的な「幸福」への懐疑こそ、まぎれもなく彼を寺山修司たらしめている本質的な衝動だったのである。

終わりなきかくれんぼの鬼として生きるとは、棺の中の家族写真を思い描きながら、孤児の孤独を、内なる「不幸」を生きることにほかならなかったからである。

悲しみは一つの果実てのひらの上に熟れつつ手渡しもせず

その後、寺山修司が、天井桟敷を旗揚げし、演劇、映画においても赫々たる成果を残したことは周知のところである。九條今日子さんと新居を構えたものの離婚した後は、生涯家庭を持つことはなく、一所不住のアパート暮らし、彼にとっては想像力の遊びそのものだった創作三昧、漂泊のような人生を生きた。

それはまた、鉛筆を数珠《じゅず》に、家出のすすめを出家のすすめに置き換えれば、石童丸の父苅萱のモデルともいわれ、「幸福」にしがみつくな、「不幸」を生きろと民衆を励ましつづけた捨て聖、一遍上人さながらの旅の人生だったということにもなる。

ちなみに、寺山修司は晩年、己れの内なるかくれんぼの鬼におさらばするかのように、心に沁みる文章を淡々と綴っている。例によって事実とも虚構ともつかぬ小文「旅役者の記録」である。石童丸の母親を演じて少年寺山修司を魅了し涙をしぼった旅役者の、その日常の生身に接して、その現実の醜悪さ、いかがわしさに幻滅するのだが、それはまた同時に、ともに「不幸」を生きた、内なる友、石童丸との別れでもあった。

父ありき書物のなかに春を閉ぢ

九條今日子さんの「仁義」のこと

I

九條さんが逝去して、すでに半年も過ぎようとしている。それなのにまだ、朝の目覚めの時など、ふと九條さんのはずむような電話の声が聞こえてくるような、そんな気がしてならない。

このところ腰を患っている私は、外出もままならず、お葬式には参列したものの、いまだに墓参も果たせないでいる。あるいはそんなことも尾を引いているのかもしれない。

それにしても、九條さんからの朝の電話は、この二十年間、私の日常生活の一部のようになっていた。「もしもし、白石さん！」と念を押してから始まる九條さんの声は、いつも明るく弾んでいた。早起きで行動的な九條さんには、朝寝坊の私の目覚めを待ちかねてのものだったのだ。

無論そのほとんどは、寺山修司の出版に関する用件だった。だから、こんな頻繁なお付き合いがはじまったのも、寺山修司の著作権が寺山さんの母親はつさんから九條さんに継承されるようになってからのことになる。寺山修司生存中は、もっぱら彼の背後で、お互い笑顔で挨拶を交わす程度だったからである。

それにしても、それからの九條さんの活躍は驚異的だった。最初九條さん自身も、こんなに長く、多忙な仕事が続くとは思っていなかったにちがいない。しかし一旦、自身の役割を引き受けた以上、生半可な姿勢では彼女自身の収まりも付かなかったのだろう。

演劇や映画については、当然お手のものだったが、出版に関しては未知の領域であったため、最初のうちは私は九條さんの事務所に週に一度は通ってお手伝いをさせてもらった。彼女の取り組みは、新しい好奇心の対象を見つけたごとく熱心だったが、同時に、物事を理解して冷静に見定めようとする姿勢は当初から変わることはなかった。

出版社との面談や打ち合わせには、必ず立ち合い、相手の話もよく聞いていた。彼女の父御が早稲田の寺山修司の先輩で、短歌を修練していたとも言っていた。

仕事の上で九條さんと私にはある共通の諒解があった。これは、無論、改めてお互い話し合ったり確認したりすることではなかったが、私には私の、そして彼女には彼女なりの、強い意志があったのだろう。それはつまり、寺山修司の作品を扱う以上、決して恣意には走ってしまわないということだった。あくまでも寺山さんが目指したもの、あるいは寺山さんにとってもっとも望ましい有り様を検討し、それにむけて努力を惜しまないということに尽きていた。

この点に関して、九條さんは終始誠実だった。ともすればこだわり固執しがちな私などよりは遥かに寺山修司を相対化していて、自在な視点から助言や激励をしてくれたのである。未刊本のための掲載雑誌の収集や著作集のための整理にも辛抱強く支援してくれたし、生原稿がみつかったといっては、その照会や鑑定のために古書会館にも一緒に赴いた。出版社にも度々足を運んでくれ、打ち合わせが終わっても、その後の私の校閲の作業を辛抱強く待っていてくれたりもした。そして仕事が終わると、必ずお酒に誘ってくれた。日本酒が好きだった。晩年は焼酎のロックを口にすることもあった。煙草もよく吸っていた。店内で吸えない店がふえてからは、いつの間にか姿を消して喫煙し、また戻ってきて飲み続けるという具合だった。この酒の上の会話は、実に面白く愉しかった。「また、寺山に働かされてしまったね」そう言って、アジャパーの、もうお手上げという拳をひらくおどけた仕種で始まると、話は寺山修司の新婚時代から、九條さんの競馬必勝法、さらには演劇プロデューサーとしてカントールを日本に呼んだ時の話題などにも及んだ。

なかでも私がもっとも興味深かった彼女の松竹映画時代の裏話は面白く、後にはＳＫＤの同期生との酒席に同席させてくれたり、藤沢にあった山本豊三さんの店を紹介してくれるまでに進展した。

一九九七年に、寺山修司の故郷三沢に寺山修司記念館が建設されたが、その時の九條さんの奔走ぶりは、いまだに目に焼き付いている。寺山修司も、人の能力をみてさまざまな人間を組織したが、九條さんはそれよりも遥かに多くの人々を各分野から動員して、竣工まで漕ぎ着けたのである。

人それぞれの意見はくい違い、人それぞれの助力が必要なのである。とくに三沢の地元の人たちとの調整、説得にも苦労したはずである。しかしそんな苦労を苦労と見せないのが九條さんの流儀である。恬淡快活に人の心の機微を受け入れ、状況を切り拓いていくのである。その見事な人付き合い、指揮ぶりは、垣間見るだけでも舌を巻くほどだった。

もともと都会っ子の彼女には、人間の分け隔てがなく、誰とでもすぐ親しくなった。だから相手にも、それが伝わり飾らない素直な会話が行き交うのである。唯一、敬遠していたのが、相手かまわず自己主張にいつまでもこだわる人たちだった。そんな人に出くわすと、三十六計逃げるに如かずとばかり、同行の私たちを置いてきぼりにしたまたちまち姿をくらましてしまうのだ。

記念館がオープンしてしばらくした頃から九條さんの様子にも若干の変化がみられるようになった。これまでかすかに感じられた仕事に対する緊張や気負いというものが消え去って、あるがままの自分の人生を愉しく受容しているようなそんな気楽さが窺えた。やはり記念館の設立は相当のプレッシャーでもあったのだ。はつさんの悩みぬいた上での臨終前の悲願だっただけに、それを託された責任からやっと解放されたといったところだったのだろう。

思い返せば、九條さんの亡くなる前年は、なぜかそれを予兆させる符丁のようなことが度重なっている。何だか矢継ぎ早に、九條さんから呼び出しや誘いがかかったのだ。夏の三沢のねぶた祭りのツアーは、九條さんの達ての企画だったが夢のように愉しく、まるで寺山修司の思い出を共有した者たちによる人生最後の祝祭のようだった。続いて二度までも呼んでもらった講演会は、寺山修司について一緒に語る最後のトークとなったのである。

また寺山修司のテレビドラマ「子守唄由来」の戯曲化をしきりに勧めてくれ、何度か主催者の人や笹目浩之君らとともに打ち合わせを持ったのは、もう秋から冬にかかる頃だった。師走になれば、交際の広い九條さんのスケジュールは忘年会で埋めつくされる。恒例となっていたシーザーと私との三人の忘年会では、気忙しそうに日程の催促までしてくれた。その当日の愉しい語らいは珍しく二次会にまで及んだのだった。

そして奇しくも十二月二十六日、冷たい風の吹く高尾で行われたはつさんの二十三回忌の法要。お正月に鎌倉で会おうと別れたその日がついに見収めになってしまったのである。

年が改まってからは、私も身体を崩し、九條さんも病院に入っての検査治療などが重なっていたが、それでも私の身体のことを心配してくれて病院から電話をもらった。その時の話では、自身の身体のほうは、うまくいったと言っていたが、必ずしもそうではなかったのかもしれない。

それから後、私の手術日が決まったので、朝報告の電話をすると、笹目君の声が返ってきた。一瞬、番号を間違えたかと慌てたが、実はたまたま、その日訪ねた笹目君によって、九條さんの帰らぬ眠りが発見されたということだったのである。

絶句したまま私は、すぐさま駆け付けられない自分の身体を呪った。そしてふいに失ってしまって初めて、目の前に突きつけられた九條さんの存在の大きさに、愕然とする他なかったのである。

寺山修司も偉大だった。その活動期は噴火する火山のようだった。しかしその炎がその後も鎮火することなく、さらに精度をまし、全体像として広く人々の前に姿をあらわすに至ったのは、やはりこの九條さんの活動の功績にちがいない。

思えば、九條さんと寺山修司との縁は不思議なものである。自伝から窺われる、あの心痛む牛乳屋の配達の聞こえてくる朝まで話し合ったという二人の離婚話。落胆と失意のなかでも寺山修司の願いを聞き入れて、劇団の制作を続けることにしたという決断。また結婚に反対され、敵視までされながらも、寺山亡き後は、はつさんを支え、最後まで看取ったあの行動。

しかも、幾度となくすったもんだ翻弄されながらも、はつさんの臨終の際の懇願を受け入れて、再び寺山家に入籍を決意したのである。

自分自身も逆境に立ちながらも、自分のみの脱出を願うのではなく、相手の願いをも受け入れ、ともに新たな地平を切り拓こうというのである。いかに寺山修司が信頼に足る人間だったとしても、それを一人で背負い、思いきりよく人生を賭けて踏み出していくこの行動力には、ただ驚嘆するばかりだが、その気性には、どこか私の愛好する長谷川伸の作品の旅鴉のような一種の爽快ささえ感じさせられるのである。

Ⅱ

そんな九條さんとの思い出に、今も心に残っているある情景がある。寺山修司が亡くなり、はつさんが著作権を継承し、管理していた頃のことである。寺山さんの少年時代を母親の目から書いて頂くため、私は足しげく三軒茶屋のお宅まで通っていた。はつさんは頭脳も明晰で、ユーモアもあり、わがことのように寺山修司を熱心に語ってくれたし、私が会社を辞めた後には、わざわざ出版社に私の仕事を頼んでくださったりしたこともあった。

しかしその反面、一旦思い詰めると自分でもどうにも始末のつかないほど極端に走ってしまう性向もあって、周囲では度々トラブルを惹き起こしていたのである。私も一度、はつさんの原稿を確認するために発した質問で、自分の記憶が疑われたと思い込んだらしく、それ以来しばらく連絡がとれなくなって途方に暮れてしまったことがある。

一旦トラブルを起こすと、はつさんの激昂は容易に収まらず、そのつど九條さんやヘンリックが呼びだされては、その収拾に当たらせられるのである。

ある時、藤沢に住んでいる私のところにはつさんから電話が入った。息も絶え絶えに切迫した様子で、すぐに来てくれというのである。何でも同居していたヘンリックを叱責していて口論となり、反抗して首に手を掛けたというのだ。真しやかではあるが、錯乱しているようでもあった。ともかく夕食中だった私は、すぐさま三軒茶屋へと向かったのである。

着くと九條さんもすでに呼ばれていて、はつさんの剣幕に困惑、困憊しながらも、何とか宥めようと努めていた。ヘンリックも呆然として消沈しているばかりである。彼にしてみれば、はつさんの激昂は全く思いもよらぬことのようだった。といって、思い込むと、死んでしまいたいと口走ったり、自己破滅によってそれを証明しようと躍起になるはつさんのことである。あからさまに否定はできない。

結局は、寺山修司の作品の管理にあたって、はつさんのやり方にみんなが十分に添いきれていないという不満が、その誤解の原因のようだった。居合わせた誰も寺山修司のことを大切に思っていない者はなく、これからも協力してやっていくということを何度もくり返して、はつさんの落ち着くのを待つほかなかったのである。

はつさんの家を辞した時は、すでに終電車の時間は過ぎてしまっていた。九條さんとはお互い、暗澹とした気持ちを抱えたまま黙って駅前の大通りまで歩いた。そこで別れて、私は始発電車を待つため開いている店を探していると、九條さんが引き返してきて、明け方まで一緒に付き合ってくれたのである。

私ははつさんが見せた息子に対する妄執のようなものが、まだ身体にくぐもっているようで、行き場のない疲労を感じていたのだが、九條さんと語らい、九條さんの話を聞いているうちに、なんとそれが、いつのまにか雲散霧消してしまったのである。今思い出しても、思いがけない魔法のように思われるほどだ。

最前までのことは、すっかり忘れてしまったかのように、寺山修司やその母子のことが実録ドキュメントさながら次々と飛び出したのだ。その口ぶりたるや、まるでその渦中の当事者が自分でないかのような、自己拘泥の一切ない実にアッケラカンとしたものだった。歯に衣着せぬエピソードに思わず笑い出してしまうことさえあった。

これは九條さんの私に対するさり気ない「仁義」だったように思う。よく股旅映画などで見かける沓掛時次郎とか番場の忠太郎といった人物が名乗る、虚心坦懐、一期一会のような掛け値のない挨拶である。そしてそれによって、私などとは比べものにならない遥かに大きな責任と負担を背負っているはずの人が、そんなことは少しも感じさせないで、むしろ私を元気づけ励ましてくれていたのである。

それにしても、この物事にこだわらない不退転のおおらかさは、何だろう。私はそこに彼女が寺山修司と出会い、ともに生きた、決して平坦ではなかったその歴史を乗り越えてきた者のもつ揺るぎのない自負を見る。そして同時に、聡明にも寺山修司との愛情を彼女自身が相対化し得ている素直で正直な心のありように、気づかされるのである。

それ以降の九條さんの活動は、見事な成果をもたらした。いわば寺山芸術の伝道者よろしく、自在にチーム寺山を現出させ、展覧会やら野外劇などさまざまな催しを展開していった。参加する人たちも、とくに劇団以来の人たちは個性派ぞろいである。寺山体験にしろ、その継承においても各人各様の意見の持ち主である。それを見事に一つにまとめあげたのは、ひとえに彼女の分け隔てのないおおらかなキャラクターであり、それぞれの人たちに向ける、さり気ないが細やかな心配りだった。

実際、これらの活動の背後に寺山修司が生きていたのであり、それなくしてはとてもここまで時代を越えて新しい読者や観客を惹きつけることはできなかっただろう。そしてまた数多くの研究者や研究書が世に出ることもなかったにちがいない。

晩年は、寺山修司の墓のほとりに榎本了壱さんデザインの墓を立てたり、実家の妹さんを訪ねてイタリアに出かけたり、優遊自適の生活ぶりで、相変わらず仕事の傍ら好きだった美術館や競馬場にも足を運んでいた。

飄々淡々、行く雲を眺め、陽差しを受けて優しくそよぐ木の葉を見ると、なぜか、あの悪意を知らぬ自然児のような九條さんの笑顔が浮かんでくる。そしていつ知れず心が和んでいることに気づかされるのである。

寺山修司は「不幸」を生きることで創作者としてのアイデンティティをつらぬいたが、九條さんは、その「不幸」にたじろがず、堂々とその困難を乗り越えて、いわばひとりぼっちで自らの「幸福」を見事に生きた人生だった。

遊びをせんとや生まれけむ

I　ボクシングの夢

寺山修司が世を去った一九八三年、その死の直前に遺したエッセイとも散文詩ともつかぬ連載コラム「ジャズが聴こえる」は、まさに絶筆ともなったその一篇「墓場まで何マイル？」が彼の葬儀の日に「週刊読売」誌上に発表されたことであまりにも有名だが、実はもう一つ、ほとんど時期を同じくして連載されていたコラム「遊びのすすめ」のほうは、あまり知られていない。「大阪新聞」における週一回のコラムということもあって、地域の読者以外あまり目に触れることがなかったからである。十本のクールで、最終回が五月二日とあるから、やはり寺山修司死去の二日前ということになる

むろん私も知らなかった。知ったのは、没後十年を経て、三沢に寺山修司記念館が建つことになり、彼の遺品を記念館に寄贈する整理を手伝っていた時、たまたまその掲載紙の一回分を見つけたのだ。その後、機会を得て大阪新聞社に赴き、点検の上全篇をコピーすることができたので

ある。

今は、単行本『墓場まで何マイル？』に「ジャズが聴こえる」八篇とともに、最後のインタビューや対話などを加えて収録されている（表題はその時、寺山のものと思しい掲載時の見出しから、「遊びこそわが人生」と改題している）。

寺山修司の訣別の詩「懐かしのわが家」にしても、また「ジャズが聴こえる」にしろ、いずれも作家生涯を締めくくるにふさわしい見事な傑作だが、この「遊びこそわが人生」は、かつての「家出のすすめ」とか「書を捨てよ、町へ出よう」といった挑発性は影をひそめており、これまでの自分の人生を彩った懐かしい遊びのかずかずが、日溜まりの光景のようにフラッシュバックされているばかりだ。韜晦もアジテーションも消えて、その素直な吐露が心に沁みてくる。

実際、競馬はもとより、ボクシング、映画、野球など、「遊び」は寺山にとってかけがえのないものであった。「遊び」こそ、少年寺山にとって強いられた現実原則の不幸を乗り超えて彼を彼たらしめるための豊饒な領分だったのだ。想像力のなかで彼のエラン・ヴィタールが息づいていたのである。

とくに「わが青春の夢・ボクシング」でみせる彼の素直な心情には、思わず胸衝かれる思いさえする。

「浅草公会堂や旧後楽園ジムの暗闇でじっと見ていると、リングの上で自分の青春が戦っているような気がしてきた。そこには（中略）私がいて、兄がいて、弟がいた」と綴っている。そして、「目をつむると、よみがえってくる試合の、どの選手も私の見果てぬ夢だったような気がする」

とも。

リングで戦うボクサーは、寺山にとって〈今ある自分〉であると同時に〈そうでありたい自分〉でもあった。繰り出すパンチはその架橋だった。戦うことはスポーツだが、勝つことは思想だという彼の主張には、おぞましくも悲惨な孤児の思い出が見据えられていたはずであり、そんな自分を自立へと踏み出させてくれる手応えをボクシングは与えてくれたのだ。

しかしそんな彼を激しく鼓舞してくれたボクシングの夢にも、やがてやってくる死を前にして、別れを告げなければならない。私には徒手空拳、大病から奇蹟のように復帰した六〇年代の寺山修司の彷徨が思い浮かぶ。そして「十九歳のブルース」や「あゝ、荒野」そして映画『ボクサー』なども。


麻薬中毒重婚浮浪不法所持サイコロ賭博われのブルース

「人生が終ると、遊びも終ってしまう。しかし、遊びが終っても人生は終らない。遊びは何遍でも終ることができるから、何遍でもやり直しができる」(「遊びについての断章」)と綴り、まるで遊びに興じるように幾度となく自分の過去の叙述をつくり換えてきた彼の創作行為も、今や終わろうとしている。

この寺山修司が綴る遊びのフラッシュバックは、彼の断念した夢、いわば青春の夢のかけらでもあるのだ。

寺山修司をこんなにも夢中にさせ、また終生手離すことのなかった「遊び」とは、一体彼にとって何だったのか。

「遊びは不幸な人間の第二の人生である。遊びは孤独な人間の第二の魂である」（「遊びについての断章」）という寺山の言葉は示唆的だ。

これは、現実原則の不幸から目をつぶる単なる代償行為ではないということだ。一時不幸な記憶を忘れさせてくれても、彼の魂はそれだけでは容易に癒やされるものではなかった。覚醒が必ず追いかけてくるからだ。この陶酔と覚醒の追いかけっこが、遊びという虚構の空間であり、その空間を生きることこそが、「第二の人生」ということになるのだろう。

私生児だった母親、戦病死してしまった父親、戦災にみまわれた母子家庭の崩壊、周囲から後ろ指をさされるような母親の変貌と生き別れ、さらには彼自身をみまった生死をさまよう大病。寺山はこれらの境遇に音を上げることはなかったものの、彼の内部に刻印された大きな欠落感、その心的傷痕は容易に癒やし得るものなぞではなかった。

創作においてはそのことを直接語ることはなかったが、自らを戦災孤児や朝鮮人に模したり、自らの家系を呪われた犬神家になぞらえるほどに、その傷は深かったともいえる。

しかし、これは決して僻みとか自虐ではなかった。差別や罵声を浴びせられることによって、反撥するその怒りを自らの主体形成のバネにしようとする、いわば世俗的「幸福」の退路を断った人生のスタンスでもあったのだ。

「石童丸」や「母物映画」によせる共感は、相似た境遇の他者の物語を共有するということであり、彼の心の傷を癒やすとともに、想像力を倍加させてくれるものでもあった。

抑圧された心的傷害は、かくあった過去の不条理な記憶を、かくもあり得たという自分の物語へと再生させることによって克服される。そしてそれを可能にするのが、寺山修司にとっての「遊び」の空間だったということになる。

現に、少年時代の俳句についても、「どうして俳句なんか作るようになったかっていうと、親兄弟がいなかったから、人に褒められたかったんだと思うね」(「親父と俳句」)と語っている。また短歌でも、「遊戯であって、〈王様ごっこ〉や〈恋愛ごっこ〉の愉しさへの憧れの変型〉」(「短歌研究」)だったとも綴っている。まさしく自由にはばたくことのできる魂の回路こそが、寺山修司にとっての「遊び」だったのである。

Ⅲ　死のジャンケン

「ジャズが聴こえる」は、八篇いずれも寺山修司の魂の所在、いわば心の原風景を辿ることのできる見事な傑作だ。目を凝らせば気配のように感じられる彼の魂が、行きつ戻りつ今一度、思い出尽きない風景の中をさすらっている。

寺山修司の読者なら、かつての何度か見知っている情景や人物も、さらに純化されバージョンアップされているし、またまったく思いがけなく、彼の大好きだったネルソン・オルグレンの『朝はもう来ない』の作中人物たちの名前が出てきたりもする。主人公のブルーノや恋人のステッフィだ。ステッフィはたしか、何かの短歌では猫の名前に使われていたこともあった。

さらにボギーの死亡記事や黒人ポリ公といちゃつく母親の情事などもさりげなく挿入されていて切ない思いにさせられる。

とりわけ深く心に沁み入るのは、初バージョンの「死のジャンケン」と「少年のための〈Home Again Blues〉入門」だ。ヘレン・メリルの「朝日のあたる家」を聴きながら、その歌に誘い出されるように浮かび上がる、ある家族のこの世で最後の光景。これが「死のジャンケン」である。

文中、寺山の引用する新聞記事は、実のところどこまで本当かはわからない。しかしこの家族の心中事件を語るには、まことに簡潔要領を得ている。さすがに寺山の巧みなところである。

要するに母親らしき女性が二人の女の子をホームから突き落とし、自分も電車に飛び込んだというものだが、現場が国鉄常磐線馬橋駅のホームであったこと、下り普通電車の運転士が、急ブレーキをかけたが間に合わなかったこと、松戸署の調べでは、常磐線柏駅からの四十円区間の切符を持っていたという周到な報告など、全くのフィクションとも思えないほどの現実感である。

しかし身元が判明していないという点では、当事者が任意の何人であっても構わないということにもなり、いささか作者の意図が感じられなくもない。さらに近くで現場を見ていた土木作業員の「三人は約一時間前からホーム上でジャンケンをして遊んでいた」という談話が付け足されているあたりには、作者の想像力がうごめいている気配が濃厚なのである。

事実身元不明の点では、作者も自身の境遇と重ねている。自分にもあった少年時代のおぞましい家族の記憶だ。「そういえば、俺も子供時代は、朝日のあたらない家に住んでいたな」父親の遺骨の届いた夜、母親が血のついた鋏をかざして無理心中をはかったことも（『誰か故郷を想はざる』）、台所にあった青酸加里の小壜を見つけ、母親が自分と心中する気持ちを察して「父さん死んでも、ぼくはいやだ。かあさん一人で後を追ってくれ」という呪文を唱えたことも（『幸福論』）あったからだ。

これまで幾度となく頭をもたげ、その度に修正し物語化してきた遠い日の「思い出のよくない」記憶が、人生の日没を前にまたも重ねられるのである。

「私は、ジャンケンということが妙に心にかかった。

それは、死ぬ順番をきめるためのジャンケンだったのか、それとも最後の一家団欒だったのか、私にはわからない」

ジャンケンというあどけない子供の遊びが垣間見せるメタフィジックな光と影。生と死のコントラストは鮮やかだ。雲間から見え隠れする陽射しのように人生の至福と悲惨が浮かび上がっては消えてゆく。

実際この追いつめられた家族にとって、何気なく見える片時の時間は、何であったのか。母親にとっては、子供たちが興じるジャンケンがいつまでも続くことを切なく夢想しながらも、ためらいと途惑いの一時間であったことは容易に察せられる。あるいは遊びを打ち切る決断がつきかねたからであろうか。

また女の子たちにとっては、ジャンケンはこれから起きる自分たち家族の運命などまるで知ることのない、無邪気な日常の一齣だったのか。あるいはまた、どちらか一人の子だけでも、それとなく予感していたものであったのか。

いずれにせよ、そんなことを考えさせられて、いっそう哀切な気持ちに誘われるのである。人生が終わる時、遊びもまた終わる。遊びが終わってしまった黄昏のホーム。子供たちのはずむ嬌声も消え、人影も見えなくなったこの風景の、なんと淋しいことか。死を前にしてうたかたのように浮かび上がった家族団欒。それはまた、寺山修司が現実では手の届かぬ不可能と知りつつも、思いを心に馳せつつ求めつづけてきた見果てぬ夢、その幸福のイメージでもあった。

その一家団欒が「遊び」のなかで死と出会い、そして「遊び」とともに姿を消してゆく。この寂寥とした孤独を、果たして人生の幸福と呼び得るものなのかどうか。否、たとえそう呼び得ないとしても、想像力による虚構のなかで、それを求めつづけるという意味で、やはり寺山修司にとってかけがえのない「幸福論」であったことは疑いない。

Ⅳ　母地獄

寺山修司と母親はつとの愛憎こもごも、曰《いわ》く付きの母子の因縁は、寺山作品において虚実皮膜の理《ことわり》さながら実にさまざまに表現されている。なかでも「母恋春歌調」は、出稼ぎのため母親に置き去りにされた少年の嘆きと憤激が、母親に対するとてつもない辱めの仕草によってかえっていじらしい思慕の念を浮かび上がらせている。

この愛情と復讐の二律背反こそ、切っても切れない母と子の絆だったのだ。

ところで、その「母恋春歌調」の情念に通底する寺山らしい写真作品がある。幼き日の家族揃ってのスナップや若い母親のポートレイトが衝動的に裂き破られているのだが、しかしそれをまた再び、思い直したように糊で貼りあわせたり、太糸で縫いあわせて修復されたものである。その修復のたどたどしい手つきには、母親を憎めば憎むほど恋しさが募ってくる少年のいじらしい情念が見事にとらえられている。

これらの作品が、彼の幻想写真集『犬神家の人々』(一九七五年)の中の一章「母地獄」の冒頭に置かれていることからみて、「母恋春歌調」からはすでに十年が経過していたことになる。

その間をみても、無論寺山修司の復讐は作品の中でさまざまに趣向を変えつつ「母殺し」として展開している。就寝中にアパートのガス栓をひねって殺害する長篇詩「李庚順」をはじめ、姥捨てを敢行するラジオドラマ「山姥」や演劇「青ひげ」、補陀落渡海を彷彿させるテレビシナリオ「十三《とさ》の砂山」では、母親を一人小舟に乗せたまま大海に押し放っている。さらにシナリオ「無頼漢《ならずもの》」においては、布団で簀巻きにした母親を大川に投げ込んだりもしているのである。

現実生活では母親は息子に心中を迫り、虚構の中では息子は母親殺しを続けていたのである。もっとも、この「母殺し」は、「李庚順」を除いては、いずれも寺山修司独特のおどけた諧謔味がほどこされていて、深刻な悲劇性よりも、笑いを誘うファルスの趣きが強い。

そしてそこから窺えるのは、お互いの共犯意識のようなものだ。母親は息子の行動に驚き慌てるものの、実はその息子の真意は受けとめている様子なのである。だからこの「母殺し」は深刻な内容にはちがいないものの、どこか母子が戯れているいたちごっこのようにも見えてくるのだ。

そのいい例が、後の演劇「レミング」におけるもぐら叩きの場面である。床下で畑を耕やしている母親が床上の息子を覗こうと首を出すのを、息子が四方八方叩いてまわるのである。飽きることを知らず執拗に続けられるこのもぐら叩きには、この親子の微妙な関係が鮮やかに「遊び」に換喩されている。

寺山は、自らの作品で「母殺し」「母叩き」を繰り返しながらも、現実生活では仕事が一区切りついた合間には、アパートの階下に住む母親を食事に誘ったりしていたのである（はつによる伝記『母の螢』）。

さてそこで、『犬神家の人々』における「母地獄」には、もうひとつ、衝撃の写真が収められている。すでに六十歳を越えた母はつが、娼婦のように黒いショーツ姿でベッドに横たわっているというものだ。

「撮ることは、まさに悲しき復讐にほかならなかった。そして、復讐をはらまぬ傳記の記述など、あろう筈がない、と自分に言いきかせたのであった」というのが写真集に添えられた寺山の言だ。まるで強迫観念にも似た寺山の過去への遡行は、言葉ばかりではなく、今度はカメラでもって、その呪縛の根源へと迫るのだ。

老いた母親に過去の復現を迫る息子。その息子のカメラの前で、蹂躙されたかのように毒々しく厚化粧をほどこされ、真珠のネックレスに黒いショーツ姿でポーズをとる母親。しかもその横たわるベッドには、全裸の少年が配されているのである。

この寺山の行為は、ハムレットの復讐の「母殺し」を連想させて過激だ。しかしそんな息子の痛々しいまでの挑撥を、母親はつはどう受けとめていたのだろうか。

寺山の真意を理解しない母親ではなかったはずだ。あの三沢での母と子の亀裂の一点にこだわり続ける寺山に対して、母親はそのことを察しながらも、それは家族のやむを得ない人生の通過点に過ぎなかったものと考えていたのであろう。母親には、子供の内面とはかかわりなく捨てたという意識はなかったからである。そして、たとえ不承不承だったとしても、息子の作品づくりに参加し貢献できることに不満はなかったようだ。

この作品について寺山は、かつて母親に捨てられた者と、息子を捨てた母親であった者とによる「背理のモンタージュ」の試みであったと述べている。実に寺山修司による、もう一つの母物映画への協同作業だったのだ。

V　家族あわせ

針箱に針老ゆるなりもはやわれと母との仲を縫ひ閉ぢもせず

寺山修司によると、二組の子供たちがジャンケンをして相手側の子を取りっこするわらべ唄

「花いちもんめ」は、貧しい農村の娘の身売りを模した人買いの遊びだという。

たんすながもち　あの子がほしい
あの子じゃわからん　この子がほしい
この子じゃわからん　なっちゃんがほしい

「ジャンケンポン」というわけで、勝ったほうが「勝ってうれしい花いちもんめ」と唄うと、もう一方が「負けてくやしい花いちもんめ」と返して、最後にみんなで声をそろえて、「ふるさとまとめて花いちもんめ」と唄うのである。

「花」というのは、女郎の代金（花代）のことで、それが一匁《もんめ》という値段のことだという。つまり故郷を捨てて売られていく娘をはさんで、人買いと農村の親たちとの交渉を、子供たちが無邪気に真似て遊んでいるというのである。

であるなら、この子供たちが打ち興じている愉し気で無邪気な遊びは、一転して一家離散の悲惨な情景に変貌する。寺山にとって決して他人事ではすませられない切実な「遊び」ということになるのだ。

遊びはつねに現実の煩わしさを忘れさせ、もう一つの世界のなかで夢中にさせてくれるが、その背後にはさらに悲惨な現実も潜んでいる。そんなことを学び体験しながら、自らの境遇と共有させることによって寺山の悲しみは新たな地平へとひらかれていくのである。

一家離散の「家なき子」を生きた寺山は、この「花いちもんめ」のわらべ唄を自らの手で見事な短歌へと昇華させてもいる。


村境の春や錆《さ》びたる捨て車輪《ぐるま》ふるさとまとめて花いちもんめ

一家離散の家族が、各々の不在の家族の札を交換しながら一族再会をめざすという札遊びが、「家族あわせ」である。近頃はまったく見られないが、寺山の少年時代はよく遊んだといわれている。

たとえば銀行家である金野成吉家とか、警察である民尾守家といったいくつかの家族にはそれぞれ父札、母札、息子札、娘札があって、それらをばらばらに切って配るのである。参加者は、いわば離散した家族の札を手に、不在の家族をもとめて、訪ねてまわるという遊びである。

「その頃のわたしは、九州の炭鉱町へ行った母と生き別れで、〈お母さんをください〉〈お兄さんをください〉というカードの要求が、そのまま実人生での足りない札をさがす声となってゆくという石童丸の感傷を、ひたひたと味わっていたのです」（「家出論」）

だがしかし、もしそれらの札の一枚がかまどの灰や車輪の下とかにまぎれてしまったとしたら、その札はゲームから追放された家族はずれの札となって、家族再会は不可能となってしまう。

実人生に即していえば、離れ離れになった母子は、その札がゲームの中の誰かの手にあるかぎり、いつかは再会も可能だが、戦争に行ったまま死んでしまった父親は、もはや家族はずれとなって人生の家族あわせは、不可能な営みということになってしまうからだ。

その意味で、寺山修司の渇望してやまない少年時代の一族再会は、思い描いて心を馳せる想像力のなかにしか存在し得ないものなのだ。思えばその落胆、失意を慰め、励ましてくれたのが、遊びであり、作品づくりの創作でもあった。俳句や短歌の中で、あるいは演劇や映画の中で、想像力による彼の不可能性への挑戦は企みつづけられたのである。

ところで実生活における家族はずれは、間引きや姥捨ても同様である。口べらしのために家族はずれになった赤子や年寄りも人生の家族あわせから排除されているからである。

彼らの嘆きや呻き、怒りや諦念は、寺山の心をとらえて、見過ごすことを許さない。そして彼らもまた、寺山のなかの分身として彼の作品に蘇生するのである。

死と再生の聖地である恐山を舞台に、こうした家族から引きはがされた死者たちを復活させたのが歌集『田園に死す』である。こうして札遊びの「家族あわせ」は、見事歌集へと受け継がれていったのだ。

木の葉髪長きを指にまきながら母に似してふ巫女《いたこ》見にゆく
とんびの子なけよとやまのかねたたき姥捨以前の母眠らしむ
あした播く種子腹まきにあたためて眠れよ父の霊あらはれむ
間引かれしゆゑに一生欠席する学校地獄のおとうとの椅子

わが塀に冬蝶の屍をはりつけて捨子家系の紋とするべし
炉の灰にこぼれおちたる花札を箸でひろひて恩讐家族

VI　ジャズが聴こえる

寺山修司と遊びといえば、やはりジャズについても一言触れない訳にはいかない。寺山修司の白鳥の歌ともいうべき一連のコラム名が「ジャズが聴こえる」だったからである。死を前にペンを執る彼の耳に、あの懐かしい六〇年代の彼を魅了したジャズのひびきが聴こえていたのだ。今なお去来する彼のなかの魂の風景、その数々を見事に浮かび上がらせてくれる映画音楽のように。

いやむしろ、ジャズに喚起されることによって、この夢のようであり、現実のことのようでもある、切なく愛しい情景が、あるいはエッセイのように、またあるいは物語や散文詩のように紡ぎ出されていったようにも思われる。

このジャズと散文のセッションは見事だ。さすがに寺山修司でなくては叶わぬ名人芸と言ってもいい。

私の愛好してやまぬ一首、「父親になれざりしかな遠沖を泳ぐ老犬しばらく見つむ」の短歌を「ニース・マタン」紙の片隅にメモしたというこのニースの海辺の光景にしても、再度の登場ながら今回は、渚でトランペットを吹く黒人の、マイルス・デイビスの「ディグ」(Dig) によって父と子の内実は深化され、心に沁みる忘れ難い散文に生まれ変わっているのだ。

「壁ごしのアフリカ」も同様である。すでに「消しゴム」において数行ふれられていたにすぎない刑事に連行されて行くジャズ好きの学生運動家の挿話も、男を四十二、三歳の中年に変貌させ、変哲のないアパートの日常生活に、ソニー・ロリンズの「エアージン」(Airegin)を挿入させることによって亀裂を割いてみせるのである。アナグラムを使ってアフリカのナイジェリアの内戦を連想させる手法も寺山的だ。

しかも気になるのは、男が連行されていくのが雨の日に設定されていることである。雨の日には何かが起きる、といった寺山的予感に促されて思い出すのは、今も記憶に鮮明な競馬エッセイの名篇「逃亡一代キーストン」のことである。どしゃ降りのダービーの日、やはり雨の中に消えていった政治逃亡犯李の姿が重なってくるからである。

男が姿を消してしまった、そのガランとした無人の部屋。行きずりの魂が、かすかな共振を残こして、壁ごしにソニー・ロリンズが聴こえてくるのだ。ここにも寺山の魂が透けて見える。


壁越しのブルースは訛りつよけれど洗面器に湯をそそぎつつ和す

そもそも寺山のジャズとの付き合いは、六〇年代の新宿のジャズ喫茶「きーよ」などがよく知られているが、ある意味では、それ以前の、それこそ戦後の三沢の少年時代に遡ることもできるのかもしれない。三沢はアメリカ進駐軍の基地だった。その頃の喧噪や闇市マーケットの猥雑さとアメリカ兵の笑い顔にジャズを感じたという寺山は、武満徹との対話で、「ジャズってのはやっぱり、黄色いけむりの立ちのぼるダンスホールから流れてくるんだね。そういう頽廃的な感じと、オンリーか何かをやっているおふくろの笑い声。リズムの狂うドラム」（「日付のある表現へ」、「ユリイカ」一九七六年一月号）だった、とふり返っているからだ。

寺山の心的外傷《トラウマ》ともいうべき「想い出のよくない」記憶は、ジャズとも重なっていたのである。

第二歌集『血と麦』には、六〇年代初頭、退院後の寺山が大学もやめ、徒手空拳で新宿をさまよっていた頃の短歌が数多く収録されている。やがて押し寄せる彼の疾風怒濤《シュトルム・ウント・ドランク》の時代前夜のことである。その歌集に息吹を吹きこみ活気づかせているのが、ボクシングへの期待とモダン・ジャズへの傾倒という彼の熱い思いだった。

ジャズは、彼の孤立した心に深くゆっくりと沁み込んできたのだ。それは疎外された孤児の記憶を思い起こさせ、その感情を共振させてくれる故郷喪失のブルースだった。心は癒やされ、自由の予感さえ覚えたのだ。

それればかりではない。即興演奏というジャズ特有の一回性の演奏スタイルは、極めて画期的な示唆を彼に与えている。

「ジャズっていうのは、いわゆる定型または様式っていうものと自由または解放というのが、（二律背反ではなく）同義語だということを教えてくれた」（「日付のある表現へ」）のである。

実にこれは、短詩型文学における本歌取りにも通じる寺山修司にとって本懐ともいうべき方法であり思想でもあった。

彼がこれまでこだわり、繰り返してきた過去の修正、その物語への変奏こそ、かつての「存在した自分」から「存在し得る自分」へと再生していくための自由への飛翔だったことが確認できるのである。

表現したい感情を、過去にあった一つの語り口だけで語るのではなく、新たにその感情を回復するためには、新たな自己の発見が必要となるのであり、そこに即興演奏の意味が見出されるというわけである。

たとえ同一の過去の体験であっても、改めて現在の自分の問題意識でとらえ直すことによって、かくありたいと願う「存在し得る自分」へと主体は選びとられるからである。

ジャズは孤独な寺山の魂の友達だった。孤立し退行する内部の傷を癒やし、魂を自由へと飛翔させてくれる案内人だったのである。

そんな魂の友達が、彼の昏れゆく人生の日没に、再びそっと寺山の肩を叩いたのだ。

＊

寺山修司の悲しみは、家族との関係の死だった。そして悲しみは「遊び」のなかで反芻され、物語として幾度となく再生され癒やされていったのだ。

忘れられない悲しみを、見つめられたからこそ、悲しみという照準に定められて、あのキラキラとしてみずみずしい青春の輝きさえも生命を獲得できたのである。

寺山修司の抒情の秘密も、おそらくその辺りにあるのだろう。

悲しみは、世界内に一人とり残された孤児が見上げる夜空の星々でもある。宇宙に集う家族という星座、寺山が思いを馳せ続けた「この世で一ばん遠いところ」であり、「世界の涯て」とは、このことだったのだ。

寺山修司の心は、まさしく天文学だった。

あとがき

寺山修司についての文章が、まさか一冊の本になるとは思っていなかった。彼についての感慨は、折りにふれてさまざまに去来したものの、とてもまとまりの付くようなものだとは思えなかったからである。

彼が逝って、ポッカリ空いてしまった編集者当時の私の空洞は、以後私を演劇へと向かわせた。とくに藤沢で単身始めた遊行かぶきでは、苦境になればなるほど支えてくれたのは、やはり寺山修司への想念であったような気もする。

あるいは、私が無意識のまま受信していた彼の原風景のようなものが、幾度となく創作の過程で反芻されたためだったからかもしれない。

その間、出版された彼に関する書籍や雑誌、あるいはＣＤなどに寄稿した文章が、本書の大半である。つまりはせいぜい、必要に迫られて書いた解説や紹介文にすぎず、ただただ己れの怠慢を恥じるばかりである。そんな私の怠惰に、今回思いがけず背を押してくれたのが、畏敬する齋藤愼爾さんである。

氏はまた、私の演劇づくりの悪戦苦闘をよく知っていて、遊行かぶきの公演には遠路を省みずかならず駆け付けてくれた。それは、残念ながら鬼籍に入られた山口昌男先生や演劇評論も手がける田之倉稔氏と同様、私の演劇づくりにおいて何物にも代えがたい激励だったのである。

齋藤さんの好意に応える自信は全くないが、それでもやはり、寺山修司にこうして一巻の書を手向けられることの喜びは、如何とも抑えがたい。

寺山修司の悲しみは、少年期のとり返しのつかない体験の故に、その深い透明性は彼一個の時代性をこえて、いわばギリシャ悲劇の深度にまで通底する普遍性を持っている。そしてその見果てぬ夢がつむいだ彼の作品は、家族の根底に横たわる血と因襲の呪縛を撃ち、新たなる地平をめざしての壮大な想像力の企てであったのだ。

なお、最終章の「遊びをせんとや生まれけむ」は、一昨年藤沢の湘南科学史懇話会での講演のエスキースを改めて文章化したものである。主宰者である猪野修治氏のジャンルをこえての友情ある慫慂のおかげである。

思えば本書は、実に多くの人たちの励ましと助力に負っている。いちいち名前はあげられないが、ここに謹んで御礼を申し上げる次第です。

ただ末尾ながら一言、寺山演劇の継走者であるわが友、J・A・シーザーには謝意を述べておきたい。なにしろ寺山修司亡きあと、彼との忘れがたい語らいには、遊行かぶきのみにとどまらず、いつでも、どこでも、まぎれもなく寺山修司が共に同座していたと思えてならないのである。

二〇一五年五月二十九日

初出一覧

Ⅰ

ニースからの絵葉書（『寺山修司・多面体』ＪＩＣＣ出版局／一九九一年十一月）
「十九歳のブルース」のこと（「陸奥新報」二〇一三年十二月）
「少年歌集・麦藁帽子」の頃（「短歌研究」二〇一三年五月号）
「母物映画」と寺山修司（「寺山修司研究」4号／二〇一一年一月）
寺山修司と石童丸（「寺山修司研究」3号／二〇〇九年十一月）

Ⅱ

「見果てぬ夢」について（「宝石」一九九三年十二月）
寺山修司の抒情について（『寺山修司詩集』解説／ハルキ文庫／二〇〇三年十一月）
ことば使いの名人（「デイリー東北」二〇一三年十一月二十八日）
寺山本への道しるべ（『寺山修司の迷宮世界』洋泉社ムック／二〇一三年五月）
寺山修司におけるリトールド（「國文學」一九九四年二月号）

Ⅲ

世界で一ばん遠いところ（寺山修司『悲しき口笛』解説／立風書房／一九九三年四月）
六〇年代の寺山修司（寺山修司『負け犬の栄光』解説／角川春樹事務所／一九九九年五月）
ボクシングのように語った寺山修司（寺山修司『思想への望郷』解説／講談社文芸文庫／二〇〇四年六月）
エチュードの頃（寺山修司『寺山修司の忘れもの』解説／角川春樹事務所／一九九九年八月）
「家なき子」のソネット（寺山修司詩集『五月の詩』解説／サンリオ／一九九五年四月）
裸足で恋を（寺山修司『恋愛辞典』解説／新風舎文庫／二〇〇六年十月）

Ⅳ

疾走が止まる時（寺山修司『墓場まで何マイル？』解説／角川春樹事務所／二〇〇〇年五月）

「中村一郎」「大人狩り」（『寺山修司ラジオ・ドラマCD』解説／キングレコード／二〇〇五年十二月）

「鳥籠になった男」「大礼服」（同右）

「いつも裏口で歌った」「もう呼ぶな、海よ」（同右）

「恐山」（同右）

「犬神歩き」「箱」（同右）

「山姥」（同右）

「まんだら」（同右）

「黙示録」（同右）

Ⅴ

説経節と寺山修司（「寺山修司研究」2号／二〇〇八年九月）

夢と現実の戯れ（「公明新聞」一九九九年三月九日）

「瓜の涙」（遊行舎演劇公演「瓜の涙」パンフレット／一九九三年九月）

「十三の砂山」（遊行舎演劇公演「十三の砂山」パンフレット／一九九四年九月）

「鰐」（遊行舎演劇公演「寺山修司★愛を記述する試み」パンフレット／一九九七年十二月）

「中世悪党傳」（「遊行舎通信」二〇〇五年六月）

寺山さんの底にある悲しみの原風景（文藝別冊『寺山修司の時代』二〇〇九年九月）

Ⅵ

「不幸」を生きた寺山修司（別冊太陽『寺山修司』二〇一三年五月）

九條今日子さんの「仁義」のこと（「寺山修司研究」8号／二〇一五年五月）

遊びをせんとや生まれけむ（書き下ろし）

白石　征　しらいし・せい

一九三九年、愛媛県今治市生まれ。青山学院大学卒業後、新書館に入社。編集者として寺山修司との交流は十八年間に及び、寺山本を数多く手がける。没後は『寺山修司俳句全集』、『寺山修司メルヘン全集』（全十巻）、『寺山修司著作集』（全五巻、山口昌男と共同監修）などを編集。出版社退社後は、演劇の世界へ転身。「小栗判官と照手姫」「一遍聖絵」「中世悪党傳」三部作、「しんとく丸」「さんせう大夫」「きつね葛の葉」を作、演出。著書に『新雪之丞変化　暗殺のオペラ』（一九九〇年）、『小栗判官と照手姫』（一九九七年）、『母恋い地獄めぐり』（二〇一四年）がある。

望郷のソネット　寺山修司の原風景

二〇一五年八月十日　初版発行

著　者　白石　征

発行者　齋藤愼爾

発行所　深夜叢書社

郵便番号一三四―〇〇八七
東京都江戸川区清新町一―一―三―二〇六
電話〇三―三八六九―三〇〇七

印刷・製本　株式会社東京印書館

ISBN978-4-88032-424-1 C0095